복합상징시 기획시리즈 전자시집 1

雲霧, 저 보랏빛 기둥에

김현순(金賢舜) 지음

중국 조선족복합상징시동인회

시인 김현순

詩人 金賢舜

김현순 — 프로필:

1968년 6월 5일, 중국 길림성 안도현 만보향 공영촌 출생.

연변대학 조문전업 졸업.

중국 연변조선족자치주조선족아동문학학회 회장.

중국 조선족복합상징시동인회 회장.

중국 연변천사글짓기학원 원장.

시집 『샤갈의 물감』, 동시집 『풀 아이들의 여름이야기』 등 십여 권 출간.

동화집 『토농이의 황금달걀』 출간.

세계동시문학상, 해란강문학상 등 해내외 문학상 수상 십수 차.

.시집머리에.

복합상징시의 기원을 열며

인류사회에 문명이 개입되면서부터 세상은 상징으로 충만되어 있다. 복합구성으로 열어가는 세상의 이치가 예술의 제반 분야에 체현되면서부터 인류의 삶은 더욱 풍요로워졌다.

초탈의식으로 세상 밖 세상을 인지(認知)하고, 그에 동조하면서 자신의 목소리를 찾고저 하는 것이 인간본연의 심성일진대, 현실세계에 대한 스캔 아닌, 환각으로 펼쳐가는 가상현실의 무의식 흐름 속에서 보석처럼 빛나는 상징의 변형들을 한데 조합, 가공하여 화자의 정서에 걸맞은 정체적 조형물을 만들 낸다는 것은 보람찬 일이다.

복합상징시라는 술어는 김현순(金賢舜) 스스로가 만들어낸 새로운 신조어이다. 시 영역의 새로운 영역을 개척하고저 상징시의 제반 특성들을 두루 학습하면서 나름대로 고안해낸 새로운 유파형성을 위한 발단이라고 할 수 있겠다.

시집 『운무(雲霧), 저 보랏빛 기둥에』는 최근 2019년 9월부터 2020년 8월까지의 일 년 사이에 쓴 600여 수의 습작시들 가운데서 158수로 가려 뽑아 묶었다. 복합상징시의 제반 특성을 살려내는데 일정한 도움이 되는 작품들이라고 스스로 느껴본다.

현재 집필 중에 있는 『복합상징시창작론』과 동조하면서 쓴 시들이기에 그 의의가 두드러진다고 생각한다.

복합상징시 기획시리즈 종이시집은 현재로 이미 8권이 인쇄되었다.

본 시집은 중국 조선족복합상징시동인회의 〈복합상징시 기획시리즈 전자시집〉의 첫 번째로 되는 시집으로서 금후 계열적으로 산출되는 시집들의 기점이 될 것이다.

어디까지나 초행길 닦는 작업이기에 미흡한 점들이 많으리라 믿으면서 이 시집을 읽어주시는 모든 분들께 감사를 드리는 바이다.

저자 김현순

경자년 말복 그 어느 그늘 밑에서

차　례

계명축시
鷄鳴丑時

.14. 雲霧, 저 보랏빛 기둥에

울대의 메마른 촉감, 어둠 찔러
밤 타작 하고

톡 쪼아 문 자정(子正)의 연유
별빛 속에 이슬 낳는다

쉰내 나는 기억의 발성연습
꼬리치는
새벽의 방석(方席)

안개가 입덧 거머쥐고 서성거린다

2019. 8. 12

추락
坠落

.16. 雲霧, 저 보랏빛 기둥에

19층 빌딩에서 뛰어내린
그림자의 원혼(元魂)
깨진 머리통에서 흘러나온 시간이
안개로 피어올랐다

모여선 소리들 빛 걸러
창백한 구름의 미소

헐벗은 거리가
도심 빗질 하고 있을 때
탕탕탕 계단 오르는
구둣발 소리

멍든 아침이
질펀하게 밟히고 있다

2019. 8. 14

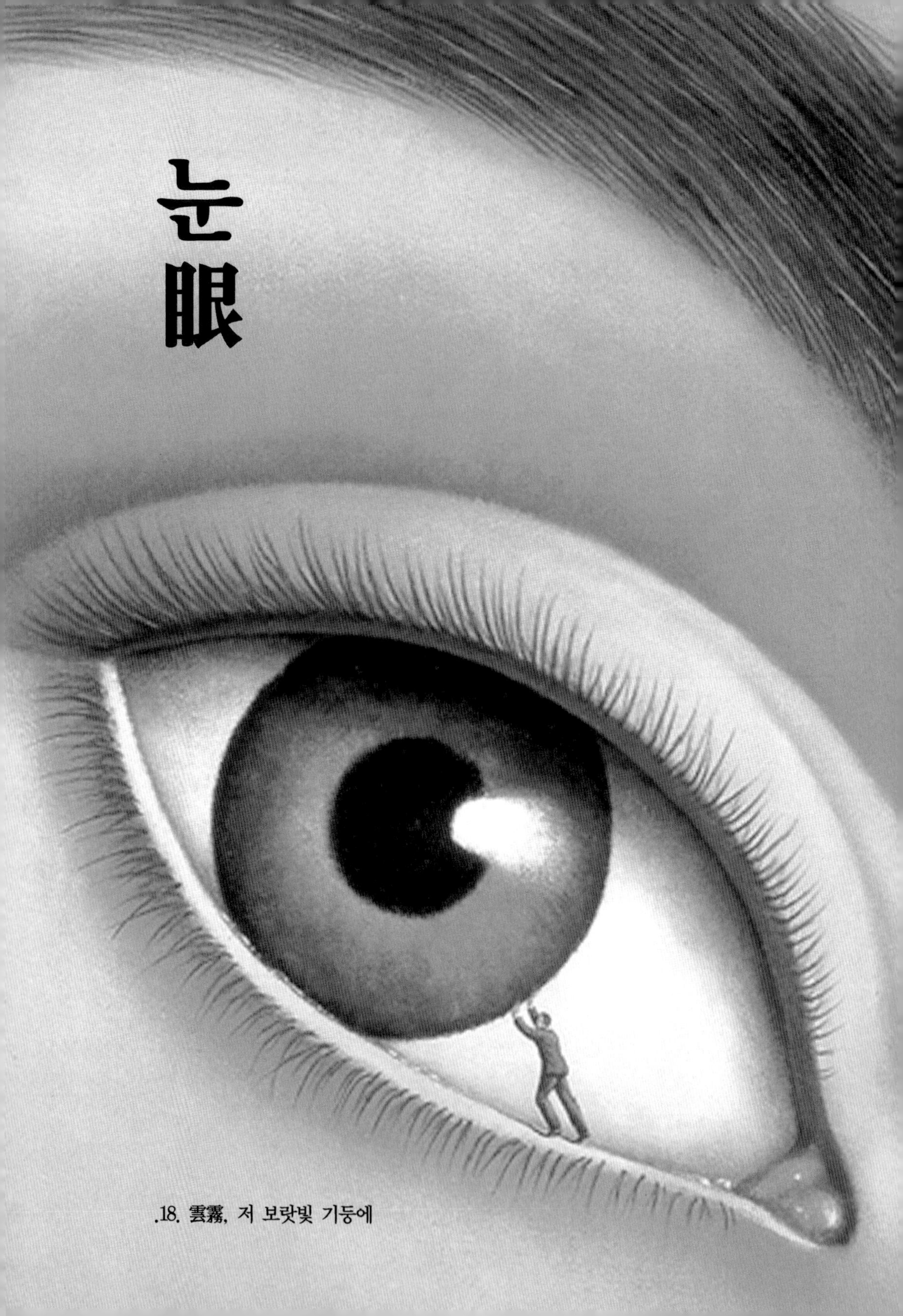
눈
眼
.18. 雲霧, 저 보랏빛 기둥에

가장 어두운 곳에서 기침하며
빛이 걸어나온다
창백한 블랙홀의 유혹
초리 끝에 이슬방울 그네 탈 때도 있었다
가진 것 모조리 움켜쥐고 외나무다리 건늘 때
타임머신 배꼽에 입 맞추고
확대경 꽂아두는 패말도 있었다
텔레파시의 물음 희멀건 우주 감싸 안을 때
보얀 욕망에 싸여 아침 돌아가고
미역국 한사발에 쩝쩝 입맛 다시는
들장미 눈물 소리도
자궁벽 노오랗게 핥아주고 있었다
들깨맛 고소함 모르는 이 있냐고
하늘이 내려와 맛사지 하며
푸르게, 짙푸르게 웃음 감춘다
감았다 뜨면 천년세월 잉크병에
꽃이 핀다 아느니…

2019. 8. 20

내 사랑 그대는 미소

.20. 雲霧, 저 보랏빛 기둥에

꽃잎 딛고 걸어오는

미인의 가슴 열려 있다

탱탱한 오후

기다려온 순간의 메모지에

러브 유(Love You) 받아 적는 울대의 목마름

불타는 심장 작열하여 우주 빛나고

행복 사려 물고

발꿈치 하늘 오른다

하늘과 땅의 교합

천사의 하루가 밀착되어

향기 쌓아

아침을 연다

2019. 9. 5

원 투 스 리 포
.22. 雲霧, 저 보랏빛 기둥에

경련 일으키는 바람의 돌기
잿빛 안개의 미스터리
사향의 알레르기가 티눈으로 박혀
수림, 적막 안고 운다

멀리 바오바브나무 배 부른 력사
정갱이에 꽃은 피고
젊은 각시 진붉은 속치마
눈썹 파란 봄들판 포근히 덮는다

오지랖 넓은 쪽빛 하늘아래
불침 맞는 소나무의 그림자
젖은 기억 홀로이
아픔 펴서 말린다

2019. 9. 6

유랑자

.24. 雲霧, 저 보랏빛 기둥에

회색 하늘 스쳐가는 바람결이여
눈앞 맴돌다 사라져가는
욕망의 들판이여
슴벅이는 이슬 허리 꺾어
귀를 덮으며
가슴 젖는 지난날 편린들이
느침 흘려, 길을 덮는다
사랑한게 죄 되는 뒤틀린 섭리
바람꽃 봄 불러
치마 펼쳐 웃으랴
요상함 꼬리 드린 방랑의 길에
회한(悔恨)의 락엽 안고
렬차여
울며 불며 멀리 떠나랴

2019. 9. 9

침묵의 허(虛)

.26. 雲霧, 저 보랏빛 기둥에

예측이 비를 스크랩 한다
임산부가 배에서
지구 꺼내어 탁자위에 쪼갠다

머리카락의 균열(均裂)
천평의 구멍난 가슴에
가래 끓는 소리

달이 노랗게
치마 들어 밤을 덮는다

2019. 10. 1

추억의 로맨스

.28. 雲霧, 저 보랏빛 기둥에

커피숍엔 둘이의 하늘
아메리카노 씁쓸한 향기가
석탑 흔들어주고
눈(雪)길 밟는 발과 발의 어울림
바람이
조심스레 받쳐주고 있다
에덴의 전설 별들의 촉감
산타 마리아 속눈썹에
꽃 피어날 때
겨울은 언제나 자랑같이
깃 편 봄날
움켜쥐고 있다

2019. 10. 4

불가사의

.30. 雲霧, 저 보랏빛 기둥에

아픔의 아궁이에, 진실
불타오르고
손바닥에 묻어나는 노을빛 회한
탑을 쌓는다

지구 한알 얹어두고 춤추는
고요의 단추

달이 태양 안고
우주를 달린다

2019. 10. 5

아수라阿修羅의 방황

.32. 雲霧, 저 보랏빛 기둥에

이마에
노을이라는 글자 새겨져 있다
고향이 어디냐 묻는
이방인의 쉰내 나는 목소리에
캡처하는 바람의 손가락…

어스름 안방이 치마 펼치고
메모리 연다

부나비의 소원은 불에 타는 것
거리의 사랑이 반딧불 되어
가로등 슴벅일 때

그리움 잘라 꽃병 꽂는 하늘
흔들리는 시간이
지구 들어 올린다

2019. 10. 9

윤회
輪回

.34. 雲霧, 저 보랏빛 기둥에

고독의 입술 깃발로 찢겨
천사의 하늘 나붓기고

초침의 재깍거림
허무의 쪼르래기 닫는다

문은 언제나 눈 뜨고
어둠 꺼내어 빛 갈고 닦으며

세상사 요지경
이슬위에 얹어둔다

2019. 10. 31

사변형(斜邊形)

두개골 타는 냄새가
사랑방정식 삼켜 버린다

겨드랑이로
날개, 삐져나올 때
허무의 혓바닥에 천사의 비명

햇살이 파닥파닥
새벽 뚫고

점프하는 초점에 불을 붙인다

2019. 11. 2

원 점

.38. 雲霧, 저 보랏빛 기둥에

햇살의 누드
탈락된 기침소리가
모니터에 나붓거린다

허무의 즐감
영시의 이별이 선인장 향기로
사막 덮고

밤이 이슬 쪼개어
꿈틀

새벽이 돌아눕는다

2019. 11. 8

첫 눈

말씀들이
까무라쳐 눕는다
바람이 옷 벗고
속살내음 들어 거리 덮는다

내려 쌓이는
추억의 하얀 나비들…

2019. 11. 17

.42. 雲霧, 저 보랏빛 기둥에

모래알이
물속으로 들어간다

파도가 죽는다
후회가 녹쓴다

누웠다 일어나는 모서리에
구름이 피어나고

안개 강 발밑에
시간이 까맣게 흐른다

2019. 11. 27

냉혹한 시간

거꾸로 매달린 추녀 끝에
별빛 춤출 때
여보세요, 거기 날씨는 가을인가요
삐리삐리 심호흡이
달아오른 귀두 꾹 눌러주었다

아직 칠월은 겨울입니다
미소 들고 걸어 나오는 그림자의 전율
그것은
왼손잡이었다

물구나무 몽정 앓는
코믹 플랫폼

우두커니 서있는 플라타너스
넙죽한 이파리가
못 다 쓴 일기
받아 적고 있었다

2019. 11. 29

환각의 치맛자락

.46. 雲霧, 저 보랏빛 기둥에

간밤 내린 눈이 마을 덮었다
주방에서 딸가닥 거리는 소리가
사립문 빠져나가 거리를 쓸고
첫사랑 보드라운 이름
구름 따다 식탁에 올려놓는다

잘려나간 꽃잎, 냄비에서 지글지글 익다가
겨울 들판 허연 가슴에
까마귀열매로 말라 붙는다
노을은 그리움이라는 착각의 메모
어둠 딛고 가는 별빛 오려내어
벽에 갖다 붙인다

공간의 립자들 확대경 들고
가나다라 마바사…
발음법 굽어 지갑에 넣는다

2019. 12. 17

후회

.48. 雲霧. 저 보랏빛

이슬 문 번지수
가슴 찢고 햇살 날려
승천(升天) 할 줄 알았더면
사금파리 빛살 꺾어
바람의 혓바닥에
얹어두지 않았으리

능라비단 꿈 갈기도
무지개 허리에 속살
동여매지 않았으리

산 첩첩 약속 쌓아 옥탑방 빛나고
물 잔잔 맑게 흘러 가슴 헤친 난바다

등 굽은 노송(老松) 갈라 터진 미소도
부엉새 울음 꾸역꾸역
영너머로 흘려 보내지 않았으리

허무의 배꼽 사리 물고
작열하는 우주의 날개 푸닥이며
낙서의 글자위에
금빛 태양, 닦아 두지 않았으리

2019. 12. 23

그것은

.50. 雲霧, 저 보랏빛 기둥에

싹 트는 보리알이었다
어둠의 틈서리로 혀 내밀어
이슬 핥는 알레르기…

바람의 단춧구멍에 비뚤게 꽂힌 향기가
솟대들의 비명으로
하늘 찌르고

미소 짓는 등댓불 입술이
밤 덮어주는 수련의 꽃이었다

빛의 고향이 어둠이라는 전설이
봄나물로 팔려나가는
불류의 아침

먼지의 횡단보도로 지구가
굴러가고 있었다

2019. 1. 24

가나다라마바사

.52. 雲霧, 저 보랏빛 기둥에

글자들이 어깨 겯고 일어난다
파도들이 꼬리 물고 따른다
놀빛 꺾어 허공 짚고
어둠 스쳐 부서지며
소리 없이 내린다
이제 또
별…

굴러다니는 눈동자에
치마 펼친 살살이꽃
이슬 뒹구는 소리가
또로록 새벽
끄당겨 온다
이제 또
사랑…

둘 둘 셋 네엣…
숫자들이 손잡고 춤추며
업고 가는 지구에
우주가 반짝 반짝
밭갈이가
한창이다

2020. 1. 30

우리의 만남은

.54. 雲霧, 저 보랏빛 기둥에

쏟아지는 별빛 어둠의 틈서리로 삐져나와
그림자, 꽉 움켜쥐고 있다

시간 거꾸로
지구 감싼다

나방들의 잔인한 몸부림
녹쓴 사막, 기억 닦는 아우성…

갈갈이 찢긴 하늘 붙여놓으며
조약돌 매끄러움이
우주의 흐느낌

받아
적는다

2020. 1. 31

인생

.56. 雲霧. 저 보랏빛 기둥에

피아노 치는 바람의 손
갈가리 찢겨져 있다

초싹이는 시간의 입덧
아메리카 신대륙 하품소리가
콜럼부스 가슴 열고

사막
걷는다

고요는 없다
태엽 풀린 시간의 발등에
싹트는 어둠

흔들리는 아픔의 뿌리에서
빛이 눈곱 뜯으며
걸어 나온다

2020. 2. 5

패랭이꽃

.58. 雲霧, 저 보랏빛 기둥에

찢겨진 망설임
얼굴이 붉어 있다

놀란 하늘 이마에 아침 빛나고
부끄런 두잎 사랑
이슬 담아 받쳐 올리면

눈썹 파란 당돌함
입술 모아

키스할
뿐이다

2020. 2. 6

면접

이력서 건네는 손가락이
콩나물 같다는 생각이
허벅지 덮느라
짜른 치마 잡아당긴다

슴슴한 오후가 잘려나가고
펼쳐 든 신문지 위로 밀려간
일기예보

갈 숲의 노래가
창문으로 흘러들고

모자가 일어나 앉는다
입술 닦는 그림자

메마른 헛기침이 안경알에
하늘 그려넣는다

2020. 2. 10

인내

기생충이란 말이 이 쯤새로
꼬불딱 기어 나왔다

벌레 먹은 사과도
얼굴은 붉어 있었다

2020. 2. 10

붕대 繃帶

공간이 숨죽이는 데는 1초
벗겨진 단추 잠그는 데는 2초

선인장 가시에 노을 찢기어
피가 나붓거린다

걸어가는 바람의 잔등에도
무지개는
업히어 간다

2020. 2. 25

홀로서기의 이유

해바라기는
웃고 싶어 웃는 게 아니다
넋 잃고 날아 내리는 눈꽃 사랑
그리워진 게다

바람 잦은 냇물이
옷 벗으며 잠드는 신음
사뭇 듣고 싶어 우는 게 아니다

노란 맹세 다져 먹고
까무러친 고독의 계절

이별 쪼아 별빛에
얹어두기 위함인 게다

2020. 2. 27

밤눈

.68. 雲霧, 저 보랏빛 기둥에

아픔이 가만가만 내렸다
부서지는 기억의 분말(粉末)
딛으면 소리가 난다
뽀드득…
천년을 참아온 고독
으깨지는 협화음

어둠이 꿈틀 놀라
저만치 물러나 있다

2020. 2. 29

밤의 환각증

개똥벌레가 울타리에 꽃을 피웠다
확대경 그리고 어둠의 날개
깃털 타는 냄새가 탁탁, 딱…
무릎 털었다

영시의 이별
새벽이 안개 덮어쓰고
옷고름 풀 때

소주 한 병에 꼬부라진 일상
도망 간 인내(忍耐)의 이름에
압침 박혀 있다는 실재(实在)가
재미있었다

2020. 3. 1

세상의 덫을 넘어

.72. 雲霧, 저 보랏빛 기둥에

불륜의 수수께끼 무게를 뜨고
서랍은 숨이 마려웠다

냇물의 근심, 별빛 우주에
거머리로 달라붙어
어둠 빨아 먹고

치맛자락 구멍 뚫린 사이로
파도 덮친 백사장

또 그 너머엔 난바다가
울부짖었다

2020. 3. 2

기실 비밀이란

블랙홀에
버뮤다 삼각지 빨려 든대도
각질의 홈채기엔
바람소리
멎지 않을 것이다

모니터가
언제부터 네모난 것인지
텁은 휴가의 입안에서
알람 꺼내
닦는 체 할 것이다

2020. 3. 2

이제 하나만 더

.76. 雲霧, 저 보랏빛 기둥에

안개의
기침소리

각혈하는 시간의 배꼽에
향기 심는다

오렌지 침묵이 무릎 털며
에너지 절단 내어
받쳐 올린다

타임머신 꼬리에 붙은 껍딱지
나비 되어
팔랑 거린다는 건

천년수련의 고독
보석으로 응고됨을 씹는
시각이다

2020. 3. 2

물망초

勿忘草

 雲霧, 저 보랏빛 기둥에

구름 속에 꼬리 감추고
일어서다 멈춰버린
생각의 등어리

안개 덮인 광야가
어둠 실어 나른다

천고에 얽힌 한
티끌 되어
구슬로 반짝거린다

2020. 3. 3

그런 기사 하나 때문에

.80. 雲霧, 저 보랏빛 기둥에

욕지거리가 방안 맴돌다가
TV를 때리고 빠져 나간다
지구를 휩쓸고 돌아온
발정 난 고독

성기가 둘이라는 특대 기문이
짝사랑 입가에 찰기름 발라 줄 때
쌍놈의 새끼 !!
얄팍한 입술 사이로 새어 나가는
립스틱의 냄새

대설주의보 하늘에
흰 구름 꿈틀대며 사막의 뱃가죽
덮어주고 있다

선인장 가시가 빨간 꽃
입에 물고 있다

2020. 3. 3

이름을 뜯어라

.82. 雲霧, 저 보랏빛 기둥에

먼데서 눈보라 앞세우고 다가오는
은발의 마술사
빈 들녘 노크하며 바람의 옷자락
잡아당긴다

낙서마당 춤추는 뒷골목에
바람의 묵시(墨视)
고독과 소망의 합수목에
기억의 나뭇가지
빨갛게 얼었다

소름 끼치는 눈길들 파들파들
낙엽 잔등에 편지를 쓴다

기다림의 얼레
고농도 알코올의 반역
허리에 졸라매기도 했다

그 짧은 환영(幻影)의 오열을
흔들어 깨우기도 하면서

2020. 3. 3

눈은 또 내리고

.84. 雲霧, 저 보랏빛 기둥에

간밤새로 많이도 쌓여 있었다
달그닥 거리는 마누라의 잠든 손이
주방 흔들어 깨우고
베란다 창가에 성에꽃 피는
기억의 하늘

아픔은 그냥 내리고 있었다
부질없는 커피가
가슴 덥히어 줄 때
소곤거리는 캡처의 공간

들숨과 날숨이 하얗게 질려
나깨흙 내음새
간질이여 주고 있었다

2020. 3. 4

망각의 항아리

.86. 雲霧, 저 보랏빛 기둥에

교감의 더듬이가 꽃을 피운다
깃 펴고 누운 달빛의 언어
어둠의 옷자락에 나부끼는
부엉새 소리가
개똥벌레 이마에
불을 붙인다

허리 굽혀 인사하는
물풀의 젖은 얼굴
구름 뜯어 닦아 주며
황사 업은
대륙의 안색

숨통 구멍이 거멓게
조여들고 있음을
거울에 비춰보고 있다

2020. 3. 5

웃으면 이빨이 보입니다

그림이
거리를 쓴다
잠옷 걸친 새벽의 긴 하품
시간 찌른다

말라붙은 번갯불의 포즈
풀씨들의 달아오른 열기가
속살 꼬집는다

줄 끊어진 사슬이
기억 잠근다

인내는 침묵의 안개
진주의 고향은
가리비를 품었다가 다시
향기 지운다

2020. 3. 4

묵상의 발톱

.90. 雲霧, 저 보랏빛 기둥에

껌 씹는 알레르기
지구 쪼개어 손에 들고
바다 건넌다

초저녁 뉴스가
향기 묻은 꼬리에
매달려 있다

나비 잔등에 봄이
뛰어 내리고

햇살 짚고 다가서는
바람의 지팡이

반짝반짝
냄새가 찢기어 있다

2020. 3. 6

고고학의 변종

.92. 雲霧, 저 보랏빛 기둥에

싸늘히 식어가는 점의 궤적
빗방울 몇 점 얹어두고, 바람이
그라프의 허리 감아버린다
두근닥 막이 열리고
무지개 일어서며 어둠 깔고 앉는다

기시 돋친 솔숲의 아린 내음새
입술 빨간 캐릭터가 휘파람 불며
기억 꺼내어
시간을 닦아 버린다

떨린다
상아(象牙)의 이빨 단단함은
확대경 렌즈가
정밀도 계산하여
과녁에 쏜다

2020. 3. 7

빙점

64. 雲霧, 저 보랏빛 기둥에

윤택이 그를 다쳤다
첨탑 꼭대기에 올라 앉아
구름이 별 만졌다
어깨 타고 흘러내리는 간지럼
공포가 황사 씹는다

단물 싹트는 소녀의 혀끝에
심장 터지는 소리
광장 가슴엔 모자이크 설계도

가을걷이가 이슬 발라
케찹의 농도를 재 검측한다

2020. 3. 7

싹쓸이

.96. 雲霧, 저 보랏빛 기둥에

베어진 손가락에서 피…
그것은 어둠이 흘리는 빛이었다
노래가 길가에 널부러지고
쓰거운 기억상실증
시간이 흔들렸다

백사장 그리고 거품 이는 가마솥
별들의 부딪침이
진주 알갱이를 토했다

이슬의 승천(升天)
분만(分娩)의 고리는 터지고
태양과 달의 입맞춤…

지구의 질속으로
구름이 까무라치며
스캔들 닦았다

2020. 3. 7

손톱의 히스테리

모서리 전단지(傳單) 입귀에
햇살 오려 붙였다
쉰내 나는 휴지부, 오후의 식탁
슈퍼의 본격 알람은
금연(禁煙)이었다

전화벨소리 구둣발 박차고
젓가락의 늘씬한 상표

과일 싣고 달리는 사구려 소리가
시간의 혼설기에
알 쓸고 있었다

기다리는 손님은 오질 않고
상견례는 음료수 가격
닦아버렸다

2020. 3. 7

목젖

.100. 雲霧, 저 보랏빛 기둥에

휘파람 불면 신난다는 거
이슬은 풀잎에 숨어 들켜 버린다
저승꽃 질식 하며 시간 흐르고
겹먹은 입찰
마우스(mouse) 등심 뜯어내어
회 쳐 먹는다

단춧구멍으로 삐져나오는 천년지애(千年至愛)
스핑크스 미소가 피라미트 상공에
바람꽃 피우며
날아내린다

2020. 3. 7

오뇌의 숲

.102. 雲霧, 저 보랏빛 기둥에

별빛 모아 쥐고 이슬은
밤새도록 바다이야기 흘리었다
씨앗이 한숨 토하며
책장 번졌다
멀리서 봄이 눈썹 뽑아 둔덕에 꽂아 두고
캡처의 하늘이 구름 집어
생각 닦았다

2820. 3. 10

참회

어둠이 빛 쥐어짠다
기다림의 혓바닥에 내리 꼰지는 별
글자들이 데모하며
고백의 단즙 빨아 마신다
찢겨진 편지에 입 맞추는
바위의 눈물
작약꽃 향기로 말라붙는다
찌릿한 공감(共感)의 전율
파도 한자락 집어 들고
아삭…
과거를 씹는다

2020. 3. 10

대기실
待机室
.106. 雲霧, 저 보랏빛 기둥에

피 흐르는 소리가
탁자위에 앉는다
싸늘한 찻잔에 달빛 한 오리
감회의 순간들이
이슬 깨물고
툰드라 가슴에 암장(岩漿)
따끈따끈
덥히어 준다

2020. 3. 10

미스터리 공간

.108. 雲霧, 저 보랏빛 기둥에

썩은 고깃덩이가 시간 녹인다
멍석에 별빛 솟아
신기루 몽정(梦精) 더듬는다

그림자 옷 벗는 연유
창포 잎에 걸음 멈추고
언약 다진 하얀 목덜미

삭은 세월 한 두 점
회한의 촛불로 타 오른다

바람난 종기가
호주머니에서 갑숙거린다

2020. 3. 10

안락사

.110. 雲霧, 저 보랏빛 기둥에

어느새 묻혔을까
찝질하고 비릿한 바다 내음새
손수건이 그림자 감싸 쥐고
윙크 닦는다
휘파람 그리고 향기…
햇살의 혓바닥에 독침 꽂고
참새가 하늘 날며 넋으로 으깨진다

빛의 고향이
어둠 섞인 구름 부른다

2020. 3. 11

잊어도 되는 섭리

.112. 雲霧, 저 보랏빛 기둥에

그리움 비벼 심지 만들고
우두커니 고독 씹는다
창밖엔 빗소리
이슬 젖은 아침의 옷자락 만지며
망각의 수첩에
시간 적는다

기억의 멍석위에 꽃피는
허무의 꽃향기

스멀스멀 아픔이
손톱 살려 상봉의 쓰라림 긁어
잎잎마다
눈물 쌓는다

2020. 3. 12

망각의 개똥쇠
그리고 작약꽃

.114. 雲霧, 저 보랏빛 기둥에

1

여인은 남자의 갈비를 칵 물어뜯었으면 좋겠다고 하였다.

남자는 공연히 기분이 좋아져, 축 처진 갈망을 갈비뼈처럼 꽛꽛 하게 살구어 잠든 여인의 입가에 갖다 대었다.

본능적으로 한참이나 빨던 여인은 해나른해져 입술을 바르르 떨며 속살거렸다.

"아, 좋네요…"

얌치없는 미소가 누드의 햇살 만지작거리고 있었다.

2

바닷가,

물거품이 백사장 종아리를 핥는다.

꺼으~ 꺼으~

갈매기 울음소리 파도를 꼬집어 하늘이 퍼렇게 멍들었다.

바위섬 메아리가 이랑마다 주름진 혼설기에 씨앗 떨군다.

씨앗은 싹트고 뿌리 내리고

줄기는 또 가지 뻗고 잎 펼치지무…

그래, 꽃송이도 달리지.

그럼 그 꽃은 뭐라 부르죠?

3

스스벌~ 원룸은 투룸보다 간소했다.

시골이라 하여도 이처럼 초라할 수가. 텔레비는 고장나있고 화장실엔 문이 없다.

쓰르람… 뭔 소리지?

짝사랑 속 썩여 삭은 세월 긁는 소리져~

가슴이 풀려 나갔다. 손가락 사이로 삐져나오는 우윳빛 종양에 남자는 입술 부빈다.

지나친 집념에 속 썩이면 암 확률 높다는 기사가

벽에 도배되어 있었다.

스스벌~ 곱게는 생겨갖구…

4

눈길이 겨릅대 쪽으로 쏠리기는 작년 초겨울이던가.

남자의 두툼한 입술이 훈둔 베어 먹은 자리에 얄포름한 꽃향 갖다 대는 시각은 억겁을 참아온 고독의 흔들림이었다

새가 날고 바람이 불고 이슬이 춤추고 냇물의 쏘프라노…

지구가 고민하며 몸 돌릴 때 어둠은 와락 여자의 허리 그러안았다.

안되겠어. 아무래도 못 견디겠어… 아아~ 딱 한번만 그 손 좀…

흑포도는 난초 향에 휘감겨 비칠대었다.

5

손님, 대설주의보 현신이요. 길 건너편에선 폭우도 내린다고 하오.

남자와 여자는 시간 도적차를 타고서 산을 내렸다

멀리서 마중 나오는 넙죽한 나그네의 얼굴에 돼지기름이 비지지 내돋는다

큰일 날 번 했잖아요. 약재 캐다가 길 잃었잖아요. 이 아저씨가 아니었더면 개고생 할 번 했어요.

애공~ 애공공~~

여자의 종알대는 말씨들이 총알 되어 마중 나온 나그네 허리를 꺾어뜨린다

이거, 미안해서 어쩌쥬~ 누추한 집이지만 소주라도 한잔…

괜찮습니다. 나두 길동무가 생겨서 고마웠어요.

남자의 멀끔한 미소가 나그네의 투박한 손을 잡고 기분 좋게 흔든다

6

하늘밖에는 하늘이 없고 마음밖에는 마음이 없다
있는 것은 없는 것에 있고 색이 아니한 것은 색 인데 있도다

장생불사의 비법이 뒷골목 모서리 조색판에 붙어 나불거린다

옴마니 반메홈~

남의 애비 탓이나 칵 해라!!

7

아, 훈둔도 먹고 싶네요. 갑자기…

양탕도 먹고 싶구, 양갈비도 생각나요. 그리고 요구르트 생각도 나구…

디런~ 못 말려…

그림자가 벌떡 일어서며 밖으로 쥉쥉 걸어 나간다

자리에 누워 꼼짝 못하는 남자의 입술이 시간을 깨물어 피가 흐른다.

다리 절단 수술 받은 지는 사흘째였다, 꼭 감긴 남자의 눈…

여자의 간지러운 목소리가 시공터널을 타고 고막 허빈다.

껄끄러운 외간 사내의 기름 발린 목소리도 동동 떠

있다.

요것 봐, 함께 자주니까 자기라 부른다는 거…

귀염둥이, 내 자기야~

8

찢어지는 허공이 구름 깔고 앉으니 볼 붉은 놀빛 어둠 끌고 물러간다.

손에 들린 밤자락에 별들 매달려 소리 질른다
새벽 오는 기슭엔 이슬이 눈 뜨고 기다린다고, 백사장도 옷 털고 일어나 거품 닦는다

파도 출렁이는 이랑의 혼설기마다 바위섬 쉰내나는 목소리

억겁의 고요가 다시 눈 뜨며 윤회의 문을 열었다 닫는다

9

연속낭독시간 필림은 저절로
돌아가고 있었다

2020. 3. 14

미스터리 공간

이슬 잠든 상공에 넌덜대는 잎
숙명의 송곳니는
장딴지 깊게 물었다

껍딱지 말라붙어
피 흐르고
천사의 손바닥에 눈 뜬 야영주
운명 닦는 안개가 빛 토하며
스멀스멀 기어간다

낮달의 차가운 이마
가을이 이름 석 자 적어 넣고
노랗게 운다

2020.3. 14

암마의 수수께끼

해파리의 흐물대는 오후가
빨랫줄에 걸리어 시간 점치고
엘리자베스 긴 치마에 밤눈 녹아
새벽 흐른다

점막의 콧구멍으로 마법의 패러독스
알라딘의 등불 문지르며
사막이 문 열고 기어 나온다

하늘은
자줏빛 곳감

후라이판에 꽃화전 볼 부빌 때
미켈란젤로의 이마에서
피식피식
뜸쑥 타들기도 한다

2020. 3. 15

환각의 숲

사슴뿔 가지에 걸린 광고나루
보슴털이
구름 뜯어 몸 감싼다

시베리아 겨울
어둠에 옷 벗어두고 샤와 하는
별들의 찬란한 반란

아픔이 모지름 쓰며
마스크 낀 하루의 손잡고
엔진소리로
낮잠 깨운다

망각의 비루스
울며 흐느끼는 사분음 박자

평화의 겨드랑이에서
멜로디가 밤을 부른다

2020. 3. 15

파도

.126. 雲霧, 저 보랏빛 기둥에

이빨이 부서질 때도 있다
높낮이가 어깨 겯고
침묵
일으켜 세운다

고요가 흔들리며
두려움 깨물고

색조(色調)의 하늘이
죽은 바다
껴안고 있다

거품 이는 하루의 목구멍에서
시간이 질끔
몸 푸는 시늉 본딴다

2020. 3. 20

백사장
雲霧, 저 보랏빛 기둥에

알알이 비린내 씹는
모래알의 뉴스
파도가 치즈 발라 거품 핥는다
오렌지 하늘에 눈 내리고
갈매기 처랑함 깃 치며 바다를 메우면
지구 감아쥐고 우주 흔드는
검은 먹물…
하얗게 질식하며 시간이 잘려나간다
토막 난 아픔 물고 꽃게가
엉금엉금
해안선 굽이돌며
바다 속살 꼬집는다

2020. 3. 20

너에게
편지를 쓴다
.130. 雲霧, 저 보랏빛 기둥에

이별 찢어 마음 헹구는 일이
사품 치는 설음인 줄을
바다는 파도로 말한다

바위섬 메아리가 퍼렇게 멍든 사연도
바람은 떨며 만진다

아픔이 거품 섞인 분말인 까닭
헐벗은 백사장은 가슴에 새기고
침묵하는 대륙의 고독

갈래갈래 낯빛 모아 갈매기가
물어 나르면
타향살이 지구가 우주에 기대어
그림자 재우는 동안

사랑은 기다림 비벼 꼬며
천고의 이름 갈고 닦는다

2020. 3. 20

암야의 쏠로

.132. 雲霧, 저 보랏빛 기둥에

개미 등에 업혀 사막이 걸어간다
뼈들이 눕는다
손이 옷 벗고 까맣게 숨쉰다
조약돌 굴리는 물의 힘
아리스토텔레스의 하늘에
태양이 시간을 각 뜯어 맞춘다

퍼즐의 반역
좌심방 우심방 넘나드는
인내의 저고리에 우주 뽐내는 별

노을 접어 휘젓는 커피 잔에
아침 딛고 이슬이
시간 깨문다

고뇌의 숲에 마고(魔姑)의 방귀버섯
비 내린 여름을 가만가만
살찌워 가고 있다

2020. 3. 21

영혼의 낱말이여,
하늘아래 숨 쉴 때

딱 깨물었다 소금 한알
이껍새로 바다가 흘러 나왔다
어부의 발등에 말라붙은 미역줄기
삭은 별빛 하농리 발가락 사이로 빠져나갔다

갈매기 우는 난바다 그 거세찬 출렁임이
이름 석 자 감아쥐고 눈꽃 되어 깃 편다

사거리 팔거리 심호흡 하는 청춘 역에서
아픔 삭혀 그리움 길들이는
엽초의 진액, 이슬로 승천 할 때
볼 붉은 낙엽, 숙명의 노래 안고
흙에로의 귀향…

파도 한 자락 꽉 씹었더니
이빨 부서져 나간다

으깨진 보석들이 별 되어
밤을 밝힌다

바람의 울음엔 눈물이 숨어 있는 줄
노을 깁는 짝사랑은
읽어보리라

2020. 3. 22

공空

돌게 집게발에
햇살 집혔다
비명소리가 잉글랜드 그리니치
천문대를 가로 지난다
자오선의 질투
바다와 육지의 계선이 구구단
엎어 버린다

허무의 공간 걸어 나오는 바람의 손
젖어 있다
소금이 부서져 사막 되고
하늘 내려 앉아
오아시스가 됨을…

더하기와 빼내기가
우주를 안고
돈다

2020. 3. 24

승강장
昇降場

.138. 雲霧, 저 보랏빛 기둥에

고구마 굽는 냄새가
박제 된 굴절의 벽을 넘는다

휘파람소리에
흠칫
이슬이 깨어나고

어둠 먹고 키 크는 햇살의
모듈, 그 속에
안개의 입덧 목 메어 있다

감아버린 판들거림이
행주 들고
기억 닦는 쇼

시작이 마무리를 거꾸로 입는다

2020. 3. 24

미모의 벗

노르망디 언덕위에 나부끼는 수염이
여자의 일생 그러안고
기 드 모파상의 눈썹 그린다

숨구멍과 콧구멍이 문 열고
석방(釋放) 하는 하늘
꾸냥의 귀걸이가 한들거리며
맹세의 가락지에 햇빛 찢어 감는다

비계덩이가 수요 될 때가 있다
넙죽한 이마에 바람의 붓
꽃씨 몇 알 톡톡 튕기며
배고픔 싹 틔우고

그 하늘아래 피부의 맛사지가
브랜드의 도수(度數) 깎아내린다

2020. 3. 24

쌍놈

.142. 雲霧, 저 보랏빛 기둥에

자식, 어디라구…
말씀이 곰방대로 비루먹은 허리
두드려 댄다
아, 제발 한번만…
손이 발이 되도록 빌며
아픔은 꽃그늘 아래 바람 안고 숨었다
저 푸른 하늘위로 낙엽 되어 떠가는
얼큰한 추억 몇 조각
그리움도 있었나
아픔도 있었나
물레방아 도는 소리 들리어 오는
그 옛날 메아리가 시공터널에 걸려
파닥거리고, 어이없는
몽정(夢精)이
이웃 규수의 고름을 풀었다
에끼, 망할…
설음의 강을 건너 찾아온 이웃나라
언덕길에도
민들레 설음은 홀씨로 하얗게
깃 펴고 있었다

2020. 3. 24

우물 정(井)

자식, 어디라구…

말씀이 곰방대로 비루먹은 허리

두드려 댄다

아, 제발 한번만…

손이 발이 되도록 빌며

아픔은 꽃그늘 아래 바람 안고 숨었다

저 푸른 하늘위로 낙엽 되어 떠가는

얼큰한 추억 몇 조각

그리움도 있었나

아픔도 있었나

물레방아 도는 소리 들리어 오는

그 옛날 메아리가 시공터널에 걸려

파닥거리고, 어이없는

몽정(夢精)이

이웃 규수의 고름을 풀었다

에끼, 망할…

설음의 강을 건너 찾아온 이웃나라

언덕길에도

민들레 설음은 홀씨로 하얗게

깃 펴고 있었다

2020. 3. 24

雲霧,
저 보랏빛 기둥에

알파벳 글자들이 콧구멍에서 떨어져
거리를 활보 한다
구름 깔린 하늘
어둠 켜든 바다의 몸부림이
천년 침묵 바위섬
무릎에 앉힌다
환각의 경지가 망각 비벼댄다
오랑캐령 쉬어 넘던 작약꽃 향기
도시의 수염 잘려 나가고
잘칵대는 조경사(造景師) 거친 손
야웅이 목에 걸린 우주를
념주 굴린다

페허의 영전(靈前)에 고구마꽃 피고
손 잡힌 이별의 애수에
별 총총 눈물 꼬집어
회한의 발등에 내리 붓는다

2020. 3. 24

접목

.148. 雲霧, 저 보랏빛 기둥에

침묵 비벼 심지 만들고
우주에 불 붙인다
공간의 렬거
차원이 열리며 넋이 일어나 앉는다
밤은 물망초
향기의 잎잎마다 안개꽃 피고
사랑의 트위스트
엘리지의 치맛자락 겨울 덮는다
사랑의 미련, 못난 그 이름위에
달빛이 망각 두 글자 적어 놓고
간다, 저 불빛 어둠속으로…

2020. 3. 25

애완견 품종

푸들이는 이름부터 푸들푸들 했다
집 잃은 밤빛 눈동자에서
시간이 피식피식 타들어가고
꼬리 젓는 초조함속엔
마우스의 기침소리도 젖어 있다
빛이 끌려가는 거리의 소음
드러난 꽃잎위엔 암마(暗碼)가 알 쓸고
호젓한 모니터에 타임머신
축 처진 두 귀에는
이슬 맺힌 시간들 매달려
별빛 빨아대고 있다
그러나 수의원(獸醫院)의 주사기(注射器)
침 끝엔 안개의 두려움도 발리어 있다
맨발의사의 말씀이 미소 찔러
새벽 덮어 버리고
이별의 여백엔 사랑의 볼펜
눈굽 찍어 감사일기 적는다

2020. 3. 25

전설 푸른
저 딸기를…
.152. 雲霧, 저 보랏빛 기둥에

레오나르도 다빈치의 만찬이 유다의 뼈를 굽는다
재즈 발린 탁자의 섬광,
이태리의 벽을 넘어 우주 덮는다
태평양 깊은 심처에서 갈라터지는 거북의 잔등
어둠 으깨진 틈새로 별이 굴러 나오고
차이나 변두리에 연소하는 코리안 드림
바람 부는 갈 숲에 성좌의 이슬
천도복숭아 원산지를 스캔하며 운다

예수와 제우스와 붓다와 알라의 이름들이 조약돌 되어
빙하의 굳잠 흔들어 깨우고, 툰드라 가슴 딛고
우주가 미소하며 제단에 올라
마우스의 하루, 용암(鎔巖) 들어 모니터의 눈꼽 닦는다
넙죽한 해와 달의 만남, 안개 덮인 사마리아 하늘에
생명 끌고 가는 소리, 소리들…

거리의 가로등이
입 다물고 나방들의 푸닥거림 씹는다

2020. 3. 27

희망 · 1

어둠이 일어나 앉는다
하모니카 목청에 끼인 엑셀 프로그래밍, 떨린다
볼륨의 도표위에 꽃씨 한 알씩 떨구어 주는 공간의 별명
…
잠시, 보리 싹이 선율 짚고 걷는다

달빛 켜는 바이올린 그림자
좀비의 날개 부서져 그리움 나를 때
공간, 그 허무의 빛살 물고 봄이 눈썹 그린다

파란 기억에 하얀 뼛가루
바다가 움씰거리고, 소금 꽃 내음새…
엄마의 초절이에 가을배추가 겨울 깔고 눕는다

매운 양념이 눈 뜨는 추위
환생이 이름 적어 내세(來世)의 창가에 오려 붙인다

2020. 3. 27

희망 · 2

언어의 뿌리가 하늘에 구멍 뚫는다
축감의 날개 우주 덮는다
삐져나오는 낮과 밤의 알갱이, 거품 섞인 역사가
시간의 깊이를 잰다

과녁 맞은 패션쇼, 브랜드 뜻 빛깔이
혼설기에 씨앗 뿌리고
태평양 넓은 들에 소금 꽃 돋는 메아리
땀방울의 전주곡이
찰거머리 잔등에 자자(刺字) 새겨
침묵의 제단 받쳐 올린다

마네킹 입술
커피 잔에 떨어져 물안개 핀다

2020. 3. 27

희망 · 3

찔러라 사막의 고슴도치…
바닷물 몸에서 시퍼런 피가 흐른다
하늘 한줌 집어 먹고 빨갛게 우는 아침의 두 뺨
메아리방송 채널이 조준경 맞춘다

쏴라 사랑의 용기여 날개 펴고 꼰져라
어둠 뒤에 숨어 미소 짓는 바리케트 마법의 성율(性律)
그리고 불륜 섞인 해와 달의 만남에 초점 견줘라
아픔이 팽팽해진다 목소리가 찢긴다
밤새도록 이슬 깨문 고요가 트럭에 실리어 간다

성찰의 골짜기여 솟구치는 분수(噴水)여
나팔꽃 입에 물고 명상 더듬는 넌출의 도적열차여
공간 다림질 하며 파도의 깃털 부서져 나간다
사금파리 반뜩임이 지구의 뒤 잔등 비추어 주고
백설공주와 일곱 난쟁이가 안데르센 가슴에서 걸어나온다

태초의 분만(分娩)
생명의 기원이여, 시간의 발목 잡고
골목길이 에돌아간다

2020. 3. 28

희망 · 4

찌른다
모래알 굴러가는 소리를…
머리 푸는 연기(煙)의 절규, 담뱃불이
입술 뜯어 지진다
줄 끊어진 꼬리연, 방패연, 그리고
그림자의 지붕 후회로 덮을 때
인내의 언덕에 걸린 저녁해
뒷짐 지고 걸어 나간다
다이아몬드의 손톱에 매니큐어 바르고
비어 있는 유리잔에 춤추는 부처님의 말씀
이슬이 날개 펴고 바다 건넌다
맹세의 서리꽃에 솟대의 딸꾹질
목구멍 졸리면서 태엽 풀려 나간다
파노라마 계절, 나비의 꿈이 미소 접어
하늘에 뜨고
옹달샘 기억이 송알송알 밤새도록
달 삼키는 아픔을 쥐고 흔든다

2020. 3. 28

희망 · 5

.162. 雲霧, 저 보랏빛 기둥에

건너갔다니 말이지, 숨 막히는 혈관 속을
알코올로 닦아내면서 말이지
세상 잠들어 버리는 동안 어둠 쪼개어
빛으로 감고, 우주의 이마에
땀방울 송새 들게
했다니 말이지

그렇게 천만년 흘러도
판도라는 최초의 여성, 그리고 제우스의
수염, 세월 찔러 죄악의 꽃으로
피가 났다 아닌가

가오리 나른한 삭뼈 드러날 때까지
사막은 죽은 바다 그리워 했고
소주 한병에 숨 거둔 파도, 다시 일어선다 아닌가
섬바위는 언제나 갈매기 울음 버무려
새벽 속절없이 두드렸다 아닌가

두려움이 토해내는 빨간 불덩이
그것은 새날 밝혀 눈 뜨는 아픔의 분만(分娩)
말이지, 거품 속에 파묻힌 시간
그래 바람 몰고 오는 아침의 옷자락
아닌가 나붓거림이…

2020. 3. 29

희망 · 6

.164. 雲霧, 저 보랏빛 기둥에

또 한자락, 파도가 헐떡이며
어둠 깨워 불사르는 동안
촉새의 작은 부리 이슬 쪼아 먹는다
억겁의 하늘
놀빛 발라 부드러움 감추고
지친 황사, 시간 물고 사막 달릴 때
햇살 고인 블랙홀에 아픔
찍어 바른다

잔 들어 이별 마시는 순정의 공간
바람의 딸꾹질에 벤취가 쓰러지고, 그 위에
햇살의 깔락뜀
망각 타서 마시는 느긋한 오후가
게시판에 숨어, 보리싹
내음새를 만진다

도저히 못 말리는 이유가
평화의 날개 씹는다

2020. 3. 30

희망 · 7

아미 숙인 고향 역
노을 덮고 잠든다

목마른 눈동자에 잎은 떨어지고
쉰내 나는 메아리에 바람 찢긴 발자국

으깨진 고독위에
잔은
홀로 빛난다

달빛의 귀밑머리, 강물 안고
감돌아 흐르는데

귀거래사(歸去來辭) 별빛 갈아
새벽길에 깔아 준다

2020. 4. 1

산다는 건 · 1

.168. 雲霧, 저 보랏빛 기둥에

그게 바로 징표였다 바다 건너 사막
걷는다는 미로의 저편
메아리가 소리 털어 하늘 닦는
메신저의 아가미였다
양념 발린 햇살의 고백, 입술 뜯어
이별의 제단 받쳐 올릴 때
생채기 아물구는 망각의 손가락 잘려 나가고
돌아서는 세월의 뒷잔등에 서리 내리어
움켜쥔 심장의 별빛
땀을 흘렸다
그럴 수도 있겠지 하옵시면 타임머신
목구멍에 장미꽃 피고
블랙홀 깊은 골에 안개 씹는 어둠의 노랫소리
봄빛 싹트는 언덕에
눈물 담근 보석, 알갱이로 영글어 갔을 게다
어둠 밖 서성이는 고행의 뒤안길엔
외줄기 사랑만이 볼 붉히며
일 년 열두 달 내내 부끄럼 훔쳐 먹었을 게다

2020. 4. 2

산다는 건 · 2

할빈 소피아 성당 앞 광장에는 비둘기들 쪼아대는
평화의 난알 깨어나 있었다
빨간 부리의 아침,
분주히 빛살 물고 질주하는 거리의 모습도
병풍 둘러 하늘 받쳐 들고 있었다
번들이마에 머리카락 몇 오리 붙은 신사의 손아귀에
파도의 날개 움켜쥐어 있고
나트륨 성분이 많을 거라는 바닥재의 예언
시간이 속살 꺼내 커피타임 휘저었다
가슴 헤친 우주의 단춧구멍에서 태양이
얼굴 내밀어 엿보고
굴렁쇠 굴러가는 추억의 뒤안길에 휘파람 부는
소년의 비딱한 모자…
삭풍의 추녀 끝 간질러 주고 달아나는 마고의 숲엔
일곱 난쟁이의 합창소리가 백설공주의 치맛자락
감쳐주고 있었다.
초탈의 공간 덕대 위에 다시 돌아온 메아리방송
떠나가는 인파의 발자국마다엔 구름이
눈물 몇 방울씩 떨구어 주고 있었다

2020. 4. 2

산다는 건 · 3

.72. 雲霧, 저 보랏빛 기둥에

어둠이 우주를 낳고 지구를 만들었다
빛이 시간 뽑아 들고 걸어간다
낮과 밤의 교접, 하늘이 말려나오고 해와 달이
춤추는 사이로
허무의 수염 초목으로 잠든다
거리의 가로등 밑에 널부러진 낙엽들의 전개(展開)
역사의 하늘에 인동초 그림자 파랗게 숨쉬고
고독 굽는 숙녀의 기다림에
여름, 잔속에 흘러 와인으로 익는다
그림 밖 삐져나가는 갈망의 손가락 끝에
매니큐어 바른 손톱들의 열광(熱狂)
잘려나간 뿌리마다에 이슬이 씨앗 떨구어
재생의 입덧, 구름 뜯어 치마 두른다
결국 그것이 아픔 되어
섭리의 고요 흔들어 깨웠다 다시 눕힌다
사하라사막 부서진 손에 태평양 비린내가
발딱 거린다

2020. 4. 3

산다는 건 · 4

.174. 雲霧, 저 보랏빛 기둥에

한순간의 선뜩함, 빛의 히스테리는 밤을 잘랐다
어둠이 피 토하며 달 꺼내어 기억 비추었다
굽이도는 골짜기에 강물이 죽은 눈 뜨고
피잣집 아가씨 여린 손가락
쟁반 잡는 소리가
미소의 하늘에 별 꿈 닦아, 바람의 어깨에
달아 주었다

무서리 내리고 단풍은 후회로 스러지고
천년지애 무영탑 위에 아픔은 꽃피고
향기 춤추는 전설의 앞가슴에
훈장(勳章)처럼 못난 이름, 명찰로 매달려

하루가 흔들림을, 물새는
밤새도록 숲을 울었다

2020. 4. 4

주말
.176. 雲霧, 저 보랏빛 기둥에

분명 적혀 있었다
갈래갈래 찢긴 빛의 몸부림이라고
보슬비가 밀어(密語) 주고받고 있었다
바람의 혓바닥을 시간이 핥은 적도 있었다
어둠은 우주의 날개
라는 뉴스가 열린 창(窗)
틈서리로 키스하며, 물러서는 아프로디테
얼굴 붉힌 사연을 씹고 있었다
칵테일 입술에 떨어진 미소 건져
기억에 널어 말리는
숙녀의 가녀린 손가락, 맛사지도 있었다
오랑캐령 넘는 주막집 나그네
녹 쓴 이야기도
옷 벗고 음양의 섭리 접어, 허공
날고 있음을
둘만의 이야기는 촉촉이 젖고 있었다

2020. 4. 5

조감도

.178. 雲霧, 저 보랏빛 기둥에

각질이 잔속에 떨어져 탈피 하는 소리에
붕대 감은 괘도의 낯빛
흐리어 있다

창검 부딪치는 우주의 행렬
시간 딛고 지날 때
저승꽃 떨며 향기 빚어
사약(赐药) 만든다

블랙홀 샘 솟는 존재의 그림자엔
아픔이 별 되어 반짝거리고
입 쓱 닦고 나앉은 바다의 지느러미

개미들이 달려들어
물어뜯는다

2019. 4. 5

타락의 틈새

거기에서 지구가 잔등 긁는 소리가 들린다
눈꼽딱지가 기침하며 일어서고
잎새들의 나붓김, 영혼들의 열창이
모니터를 연다
뒷간으로 빠져나가는 휴지 한 장에도
향기는 아침을 닦고
바닥에 떨어진 이슬들의 쇼…
시간이 어둠 싸서 땅속에 묻으면
감주가 익는다
잔 부딪치는 고요
우주 씹는 동작이 가물거린다

2020. 4. 5

점경

.182. 雲霧, 저 보랏빛 기둥에

경상도 사투리가 깃발 되어
펄럭이는 전시장
정감의 빨대는 시간 말아 쥐고 사구려 부른다
햇살이여 가자, 와인 익는 언덕에
몰려든
바람의 넋두리
훔쳐온 사랑 덧칠하는 쿨한 혓바닥에
뛰쳐나간 종아리가
시아비 턱수염 뽑아 들판에 뿌린다
유월이라 초여름 푸른 논밭에
개구리 울음소리가
난전 벌인 장군들 목소리를 어딘가 떼어
닮았다
요지경 보따리에도 딸랭이북이, 고함
지르고 싶어, 하늘 꼬집어 퍼렇게
꿈 멍들게 하지
꼬끼오…
장 닭 우는 날이
소주 한잔 엎지르는 날임을
바람은 하얗게 알지

2020. 4. 6

힐링

가시가 생각 찌른다 향기의 히프
바람의 속살 어둠 감싸며
밤을 녹인다
무화과나무엔 별 반짝거리고
실개천 가슴 헤친
계곡 입구
사랑 찾는 뻐꾸기 피 터지는 울음이
방울방울 이슬로 새벽 부른다
멀리 보신탕집 구수한 냄새
싱싱한 손이
아침 따서 받쳐 올린다

2020. 4. 6

마취

.186. 雲霧, 저 보랏빛 기둥에

차라리 낙엽 찢어 덮어라, 불침 맞은 거리여
바람의 간질굼 햇살 쓸어 눕힐 때
케챱 발린 메뉴가 갈새 되어 허공, 날지 아니 하던가
쉰내 나는 우주 흔들어 깨우며
어둠 먹고 살찌는 좀비들의 날개마저도
망각의 손톱눈에 이별 찍어 바르며
엘리지 열린 창(窓)에 성에꽃 피우지 아니 하던가
스핑크스 야릇한 미소로 빨려들고 솟아나고
뛰어 내리다가
아이스크림에 용해된 한 잎 겨울이여
형체마저 사라져 표류하는 존재의 무모함이여
어차피 찔리우는 하루의 무릎마디에
으깨진 이름표는, 눈물 접어 캡쳐의 하늘
감싸주리니…

2020. 4. 11

밤비

.188. 雲霧, 저 보랏빛 기둥에

밑창 뚫린 아픔의 하소연,
방울마다 으깨진 추락 눈 뜬다
입 벌린 어둠 치맛자락 젖어도 소리 정다워
시간이 귀 기울이고 오선보 적는다
보풀진 마음에 일어서는 생각의 안개
천년을 감아쥐고 언덕에 서있다
기어가는 담쟁이풀 이파리에 새벽 귀퉁이 구멍 뚫어
토막 난 우주가 후둑후둑 뛰어나온다
흘러가는 세상의 먼지 낀 적혈구
젖은 옷깃 추켜세운다
바람난 일기책 뚜껑이 시나브로 책꽂이에 잠들어 있다

2020. 4. 11

섭리

.190. 雲霧, 저 보랏빛 기둥에

시월의 하늘 높고
푸른 까닭을 구름 밀고 가는
바람은 감지 할 수 있으리
카푸치노 노긋함 웨딩홀 문틈에 끼어
발라드 흉내 내어도
지구 다독이는 바다의 날개짓
별빛 푸른 씨앗의 소곤거림
덮어 두지는 못하리
향기 찢어 미련 닦는 코스모스
도고함이여 허무의 발톱이여
상처 긁힌 비너스의 송곳니여
벌겋게 독 쓰며 시간 물어
추억 뜯겨도
새김질 하는 거품의 약조
주렁진 회한 차렷 하고 슬피 우는
풀대들 망언이여
냇물소리 낙엽 밟고 내처 걸어도
서리 낀 밤 이랑에
응고된 이슬이여
오로라 그늘에 청보라 향기 심어
볼 붉은 지난 사연
구슬구슬 잠재워 두리

2020. 4. 11

섭리 소나타

.192. 雲霧, 저 보랏빛 기둥에

나온다 빛이
어둠 썩는 고깃덩이에서
하얀 씨날 같은 선언, 그러나 밤은 죽는다

동터 오는 생명의 둔덕에서 초원 앓는 황사
혓바닥 돌기마다 시간이 꽂혀 있고
흔들어대는 종소리에
눈 뜨는 폐교

적막이 시골 안고
이 빠진 하늘에 별 되어 반짝인다

아메리카노 커피 향에 빠져 허우적이는
대한 웨딩 커피숍 느끼한 미소가
지퍼 열고 달을 꺼낸다

기다림의 딸꾹질
천겁에 한 번씩 지축 바뀌는
우주의 방정식에 향기 뿌리며
고독의 날개 접어, 명상의 덕대 닦는다

무덤 열고 걸어 나오는 명찰(名札)
아리스토텔레스의 턱수염에 버뮤다삼각주가 매달려
잘랑잘랑
블랙홀의 깊이를 더듬는다

2020. 4. 12

섭리 소나타 .193.

이역(異域) 만리

하늘 밟고 가는 우주의 발바닥
어둠에 젖어 있다
고삐 당기는 바람의 손등, 별이 딱지 붙인다
달빛 감추는 구름의 속내
부서진 사금파리가 백사장 토해내고
갈매기 울어예는 먼 바다, 죽지 부러진 기억이
죽음 스크랩 한다

분염 깔고 앉은 바위섬 밑굽마다
인내(忍耐) 싹트는 소리
미소 타서 휘젓는 커피타임이
울밑 달맞이꽃 향기로
배신(背信) 꺾어 덮는다

단춧구멍으로
레스토랑 아침이 새벽 안고
꼼지락 기어 나오고
송화가루 날리는 윤사월

천하룻날 밤 사랑이 아라비안나이트로
이별의 절규 틀어막는다

2020. 4. 13

애인이여 그대 수틀에 꽃이 피거든

감전된 복도를 걸어 나가는 가을비의
뒤 잔등 본적이 있었다
후줄근히 젖은 바이러스의 기침소리가
울밑 장다리아 같다는 생각이
입맛 다시며
구름 저편 황사바람에 먹물 찍어 편지를 썼다
그리운 소녀 이름은 해파리 순드라
엉켜 붙은 끝 막창…
수수께끼 전생이 헤살 짓는 파도를
손에 감아쥐고 있었다
쌩긋 웃어주는 미소 한 알에 명중된 실비아의 비명
아저씨는 피아노 건반에 달빛 올려놓고
어둠의 저고리에 얼굴을 묻었다
자정 열두시, 허겁(虛怯) 씹는 전설이 꿀럭 꿀럭
토해내는 백사장의 누드
거품 어루 쓰는 밤바다의 노래가
곳바이 인사말로 사막 쌓아 올렸다
매듭 없는 한(恨)의 절경, 그 위에
초침이 신발 벗고 계단 뛰어 내리고
탕탕탕… 해오라기 열창소리도 밤 장막
고르롭게 두드렸다
목청 찢어 발라둔 문풍지의 소프라노
여백의 공간이 떨림 울었다
사랑하는 여인이여 간지러운 목덜미가
녹아내릴 때…

2020. 4. 14

갈 때는 가더라도

허공에 대고 믿음 두 글자 적어 본다
싹트는 입술에 립스틱 웃을 때
여보세요 상기 가을인가요
지구 건너편 메아리가 폰을 연다
시간 씹는 배신의 종아리에 흑장미 고개 숙일 때
황촉대에 내리 꽂히는
열망의 불시착
적막 딛고 가는 바다의 발꿈치에도
거품은 쇼크 발라 케익 쌓는다
가시 찔린 빛의 넌덜거림
쉬어버린 망각의 길이에도 초점은 맞추어 지고
바오바브 망언이 오아시스 향기로
가슴 열어 사막 눕힌다
힐링, 그리고 아픔 섞인 하늘
쫓겨난 시녀(侍女)의 배꼽에 감춰진 보석은
바람이 눈 비벼 못본 체 한다

2020. 4. 16

두개골 틈사이로

.200. 雲霧, 저 보랏빛 기둥에

동터오는 새벽 입술에 이슬이 내려앉는다
물러서는 어둠의 치맛자락 젖어 있다
퇴색한 기억에 별 빛나고
다가서는 손톱 발톱에 복사꽃 피를 토한다

생간땡이 꼬집는 개미들 힘찬 발걸음
무덤 열고 백골이 걸어 나오고
바람 줍는 구름의 혓바닥, 하늘 핥는다

젊은 각시 눈동자에 깃 치는 바다
사막 딛고 들어 올린 우주의 날개 밑
섬 바위, 이끼 털고 밥을 짓는다

허겁의 하루가 연기로 단추 채운다

2020. 4. 17

준비된 이별엔

이유가 없다

밤 누비는 헤드라이트 불빛으로 생각 비추는
미소 엷은 숙녀의 하늘
손가락 끝에 말라붙은 향기가
계단 밟는 기억의 낱말 끌어 올린다
꽃잎 딛고 가는 여름의 발등
생명의 목 떨림, 흑장미 붉은 입술로
아침 부비고
커튼에 얼룩진 그림자의 흐느낌
뒤틀린 우주 흉내 내 본다
겨드랑이 밑으로 빠져나가는 하류의 물살
고요가 침몰하는 섹시함도
산지기 문전에 먼지 묻은 이슬로
시간 닦아 빛나고
젊은 날의 고뇌, 눈 감고 뛰어든 바다의 메모리
파도의 날개 짓에 거품 발라
허무의 비린내 탁본 찍는다
허탈의 신기루
무지개의 역사가 사막의 심장에
보석 잠재워
별빛 두 글자 새겨 넣는다

2020. 4. 17

사모(思慕)

Olbinski

퇴색한 기억 열고 등려군의 노래가
고개 내민다
월량대표아적심(月兩代表我的心)
물 잔잔 산 첩첩
세월이 팔 벌려 안개 타고, 별빛 날아 내린다
입 맞추는 바람의 그림자
지축 일으켜 세우며 탈의무(脫衣舞) 신나고
관람석엔 꿀 발린 솟대들의 비명
초침 벗겨 들고 재깍재깍
허공 깔고 제야(除夜)의 어둠 씹는다
해도도 랑도도(海滔滔 浪滔滔)
한자어가 범람하며 초련의 아픔 철썩거리고
떠나간 산타 마리아 치맛자락이
볼 붉은 노을 되어 겨울 가리워 준다
나붓기는 애모의 머리카락 향기로운 내음새
철새의 보금자리에 새벽 움트고
하늘 딛고 걸어가는 망각의 눈초리에
이슬의 짝사랑 깃 들어올린다
기다림의 허망함 고요 덮고 잠들 때
아아 이별의 소야곡엔 우주의 암마(暗碼)
무지개 빛깔 걸러내어 아침이 다시 눈 뜨고
월량대표아적심(月兩代表我的心)
목청 가다듬어 잔을 내민다
입술의 간접 키스가 립스틱 간질구며
타임머신 오늘을 웃는다

2020. 4. 18

방정식

생각의 구멍에서
뚝뚝 뛰어나오는 적막
시간의 메모지에 별빛 구워 먹는다
하품의 빨랫줄에 걸린
배고픈 우주
첨탑의 높이가
그림자 일으켜 세울 때
숙녀의 머리칼 숲속에서
잘려나간 개똥벌레 꼬리가
손톱눈에
어둠으로 박힌다

아픔의 대명사가 니코르
굴절된 깃털임을
바람의 매무새가 수수께끼 펼쳐
이슬의 바다를 진맥 한다

2020. 4. 23

사랑의 공백

.208. 雲霧, 저 보랏빛 기둥에

툰드라 얼어붙은 메아리
초들진 입술처럼
캡처의 하늘에 복사꽃 연정
구름 찢어 바른다

허공 핥는 안개여
미소의 깃털이여
잡은 손 놓으며 언덕에 서면

숨 죽여 흐느끼는
북녘 오로라
춤추는 짝사랑 녹쓴 이름이
노을 꺼내 갈고 닦는다

하나 둘 다가서는 그림자의 손가락
지구의 심장이
우주를 들어 올린다

2020. 4. 23

오타 된 이름

.210. 雲霧, 저 보랏빛 기둥에

미소의 계곡 싹 틔워 바람꽃 피고
감미로움 깃 펼쳐 노래 받아 적는다
메아리 어둠 물어 청춘 꾀하고
쑥스러움 구멍 뚫어
명사십리 토한다
핏빛 감은 햇살의 악수여
시간 딛고 메모하는 파도의 숨결이여
캡처의 하늘 잠재우며
입덧 하는 노을 위에
무지개 유언 보석으로 남아
반짝반짝
밤하늘별이 되겠지
모니터와 키보드의 화합이여
마우스가 안고 춤춘다는
오늘 이 시각…

2020. 4. 24

덧돌

포개고 누운 자세가 닮아 있다
코 고는 소리에 널부러진 빛살
시간의 발목 잡고 있음을
바람이 안고 돈다
어차피 다가서는 임종이라면
춧대의 향기로 나부끼지나 말 것을
돌아서는 언약마다 순정 찢는
바닷새 비린내
갈매기 울음 날개 펼쳐 하늘
닦는 모습이
산사의 풍경(風磬)으로 고독
울어 주던 날
계단 딛고 올라서는 나무아미타불
운판그늘에 범고 울려
범종의 하루, 이슬로 굳어지고
떠나간 애인의 슬픈 머리칼
윤회의 감회로 내세(來世) 들어 올린다
똑또궁 그 이름, 나무관세음…

2020. 4. 25

상징의 숲

살아 있는 모든 것들의 함성 딛고
시체가 누워 있다
죽어 있는 시간 속으로 나뭇잎이 걸어간다
아픔의 깃털 별빛 되어 나부끼고
부채질하는 우주의 이동…
이별과 상봉의 갤러리가 전시된 기억의 복도에
노을 깔고 앉은 바람의 헛기침소리
창밖 쓰르라미가 세상을
토해놓고 한참씩 울다가
꽃잎 되어 씨앗 속으로
깃 펴고 날아간다

2020. 4. 28

밤비 · 1

말씀이 별빛 집어 봉투에 넣는다
바람이 허공 타고 날개 짓
패러디 한다

움켜쥔 가슴, 계절의 꽃무늬
그리고

지도가 녹아내리고 있다
구질구질…

세상 건너편에서 돌아눕는
전화벨소리

여보세요, 당신의 청춘은
안녕합니까?…

2019. 8. 13

밤비 · 2

,218, 雲露, 저 보랏빛 기둥에

백 미터 이백 미터
고독의 주름 깊어 간다

삼백 미터 사백 미터
그리움의 층계 높아간다

나붓거리는 낙엽의 눈
귀구멍엔 파돗소리

거품 발린 지구가
방울방울 어둠 디자인 한다

2020. 4. 30

색 조

암보리 수리수리 마하수리 라는 엉터리 주문이
어둠의 목덜미로 흘러내리며
바람의 어깨에 별빛 한 장
얹어 둔다
창포 잎 내음새는 공짜로 고독 감싸도 된다는
시간의 거룩한 그늘아래
잠자리는 눈 많은 고민
슴벅 거리고
레루 위로 걸어가는 햇살의 비틀거림
먼데 우주의 립스틱 거품 물고 사품 칠 때
사막 찌르는 선인장 가시도
모래알 일으켜 세우며
냇물의 혓바닥에 꽃을 피운다
가오리 가오리 날개 젓는 바다의 비린내
섬 바위 이끼 돋는 생각이
박달나무 연륜으로
개미 그림자 가두어
퇴색한 기억의 단추 벗겨져 나간다

2020. 5. 5

별

아픔 딛고 가는 어둠의 조각들이 토해내는
술사(術士)의 가르침
굴렁쇠 굴리는 하늘의 검은 손바닥에
박히어 있다
레오나르도 다 빈치가 그림 열고
모나리자 업고 나오고
뚝뚝 떨어지는 시간이 빛을 찌른다
피자 굽는 냄새가 아침의 태양
흔들어 깨울 때
부서진 지구 뒤편에서
밤이 보석 갈고 닦아
할인 접는다

2020. 5. 5

애환(哀歡)의 늪

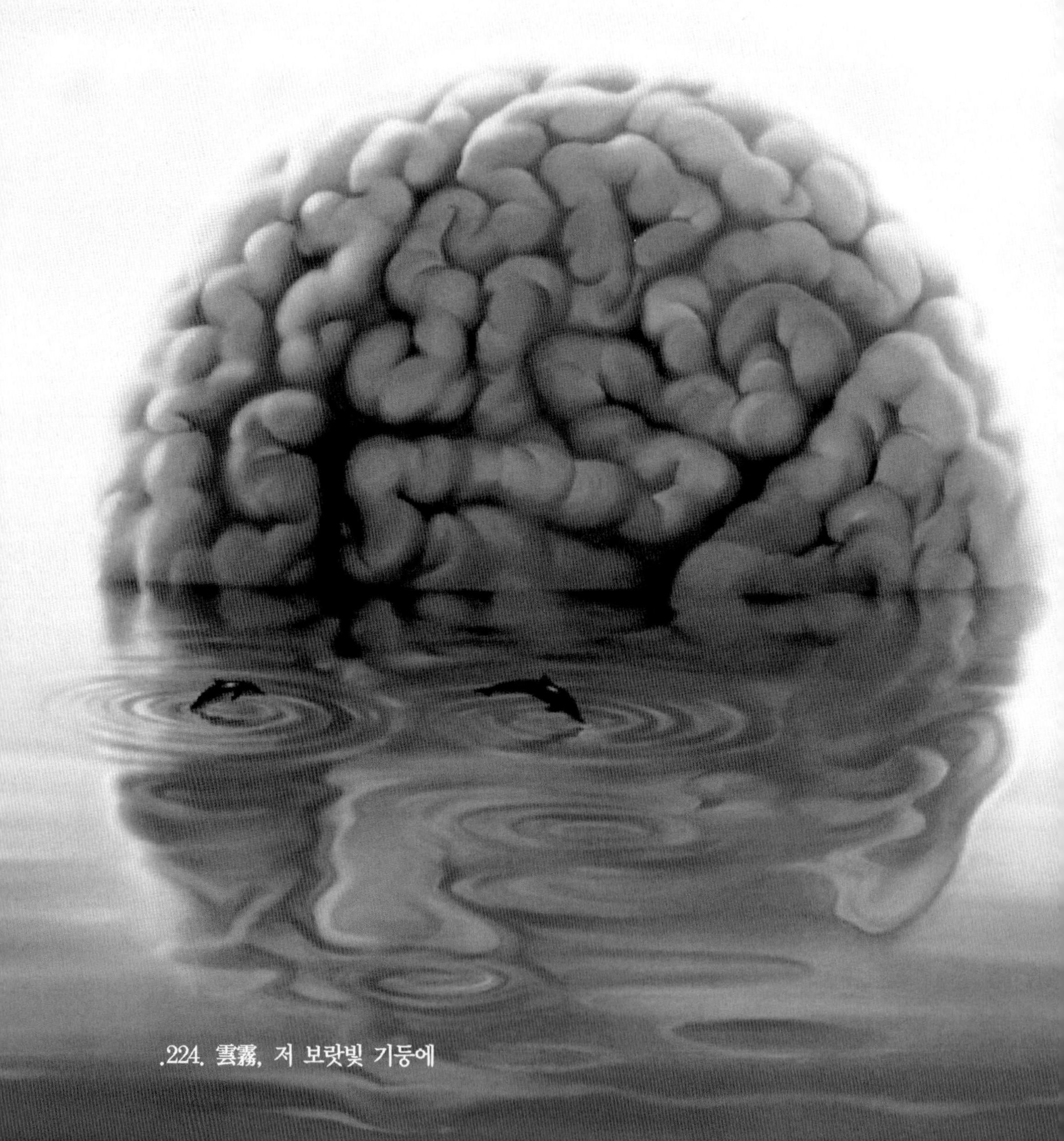

숙취한 타향의 거리를 천사의 미소가
가려 덮는다
떠나가는 아가씨 발꿈치에 매달리는
안개의 우윳빛 색상, 거기에
나리꽃 새벽 찢는 멜로디도 섞여 있었다
잠자리 날개가 투명한건
무지개 내려앉기 때문이라고
햇살의 쏠로가 아침을 켜대고
미나리 수음하는 여름의 그늘 속으로
하늘 딛고 걸어가는
우주의 커다란 발
산 되어 탑으로 우뚝 솟아 있다
노을 벗겨 고독 헹구는 천혜(天惠)의 미로
잘려나간 손톱 발톱이
선인장 가시로 박혀
사랑의 고막(鼓膜) 벅벅 긁는다

2020. 5. 6

너를 생각하며

바람의 소맷자락에서 별이 굴러 나온다
“잠은 꿈의 나라”, 팻말이 초병처럼 길목에
서있음을 느끼며
향기가 탁탁 옷을 턴다

번갯불이 밤(夜) 잘라 새벽 덮을 때
어둠 먹고 살진 빛의 손가락
안개의 치마 속으로
고독 비벼 밀어 넣는다

있는 듯 없는 듯 깜박이는 개똥벌레
기억도 그렇게 명멸하다 꺼지고야 말거
라는 예언실록에
하늘이 파랗게 미소 찍어
세월의 뒤안길 덧칠해 준다

비야, 비야
줄 끊어진 미소여
사랑을 낳으려거든 구름 밖 세상 건너
아방궁 신전 혼설기마다에
태초의 아픔 싹틔워

한 숨 짓는 눈물의 꽃잎 갈피갈피에
그리움 알알이
피 멍 들게 할 일이로다

2020. 5. 10

신선과 도끼자루

일각이 여삼추라는 말은 지구가 뱉어낸 말이다
천상 하루 땅위 일 년, 이것도 지구가 씹다 버린 말이다
일 분 일 초, 시간이 흐르는 것도
지구가 점지해 놓은 올가미이다
우주밖에는 우주가 흐르고 세상이 흐르고
먼지 속에는 다시 우주가 흐르고 사랑이 싹튼다
인간은 결국 먼지라는 말은 사람이 만들어낸 말이다
인생은 결국 티끌이라는 말도 기실은 같은 말이다
나무아미타불, 옴마니반메홈…
암행어사와 아멘은 결국 통하는 말이 아니다
남자와 여자의 조합은 결국 생명의 연장뿐이 아니다
물과 불의 조화가 역사를 낳는다
낚시꾼의 하루는 오픈한 썩은 공간이다
그 속에서 연꽃이 속살속살 향기를 터뜨린다
팔랑개비의 소망은 바람이다
놀음이 과분하면 대들보에 목 매다는
거미 같은 음악이 있다
한잎 두잎 세 잎…
마주 보고 돌아서는 가슴에 아픔은 가고 또 오고
찬란한 기쁨의 꽃향 타고, 주소는
어제 오늘 그리고 내일을 메모지에 적는다
캡처하는 에너지의 건너편에
육신 벗어놓고 낮잠 자는 영혼들의 누드공연
구토의 원인이 플래쉬 섬광 잡고 비틀 거린다
택배 수요되십니까 수수료는 면비입니다 라는
글귀가 에메랄드 하늘 감쳐 두르고
저벅저벅 고독과 공허 딛으며 화장실
다녀가고 있다 시방…
역시 못살겠다고 달아난 둘째 마누라의 전설은
보태기 빼내기의 쥬스이다, 한적한 날
느침으로 길게 드리우는 개똥같은 팔자의 진실은
바람난 빛살들의 아아~
그리고 여유로움뿐이다

2020. 5. 15

실루엣

.230. 雲霧, 저 보랏빛 기둥에

풀잎 사이로 굴러 내리는 이슬의 미련
햇살이 쪼아 물고 구름 뒤에 숨는다는 거
너럭바위 그림자에 말라붙은
초조함은 몰라도 좋으련만
소리가 앞치마 두를 때
계곡 감도는 바람의 동냥
멀어져 가는 하늘의 깊이 링크하면서
사랑방정식 미지수의 그라프를 그렸다
꿈에 만날 거라는 잠의 예언 넋두리
부서진 보석들이 물보라에 떠밀려
사금파리와 악수 하는 날
한오백년만 함께 죽자던 언약은 보리알 되어
등 돌린 윤사월 송화가루에 박히고
천사의 미소 덮고 잠든 하늘의 푸른 안색
바람이 만지작거렸다
그래도 정녕 된다면
윤회로 돌아가는 우주의 섭리에
씨앗으로 남기를…
간밤의 치맛자락 따슨 그 속에
차가운 이별 베어내어 봄꽃 피기를…
비 내리는 뒷골목 간판딱지가
거리를 눌러주던 날
담뱃불 연기가 춤추며 변형된 유령의 모습
폼 잡던 시각
실태(失態)의 카로리는 밤 태워
고독 보초 서게 하였다
찢기는 생채기의 히스테리도 깨고 보면
부질없는 공간의 작간인 것을…

2020. 5. 15

좁은 문으로
내다 봐도
그대는 미인이었다

숨 막히는 가슴 움켜쥐고 긴긴 밤
모대기는 이유를
우윳빛 윙크 바른 가녀린 손가락은
딸깍, 잠그어 버렸다
기다림의 빗장 열고
고독의 틈 사리로 가만히 빠져나가
술래가 된 바람의 눈동자
어둠이 낳은 빛의 그림자가 대신
기억의 날개 달아 주었다
하품 하는 여름밤의 모깃불 향기
새벽안개는 멀리서 봐도 치맛자락 나붓거리고
잠옷바람의 냉이꽃 체취…
아침 밥상 챙겨 들고 문턱 넘어서는
햇살의 아미 숙인 속삭임이
고개 드는 소망 덮어 감춘다
살풋이 내리 깔린 속눈썹의 뒷전에서
해와 달의 만남
오히려 어색한 상견례가
억겁의 기다림 념주알에 굴린다
백공팔의 녹 쓴 보석이 저마끔 별 되어
풍경(風磬)으로 오래오래 울다 가리라

2020. 5. 15

재고(再考)의 입덧

시간이 핥고 지난 으깨진 빛
사금파리가 흐느낀다

아쉬워하는
냇물의 허벅지로
기어가는 바람의 몸뚱아리

고름 푸는 구름의 동영상이
산 넘고 들 지나 우주의 배꼽에
녹 쓴 사막
일으켜 세운다

다시 물 먹고 잠드는 자갈의 안녕
찢긴 풀잎들 신음소리가
파랗게
눈 뜨고 있다

2020. 5. 16

탁본
拓本

열목어가 연어과에 속한다는 비린내가
시베리아 찬 기후에 오히려 눈 붉었다는
생명의 기표
밤새운 글자들이 지느러미 펼쳐
커피향 홀짝 거린다
가을하늘 그대로 내려앉은 화보딱지에
이별 딛고 간 바람의 종아리
별빛 흔적은 거기에도 찍혀 있었다
수리개 발톱이 움켜쥔 구름
구토(嘔吐)와 설사(泄瀉)의 대명사는 탈(頉)
이라는 현실 앞에
만남의 탈피가 역순환 하는 업보의 고행
종결도 찾지 못해 깃 펴는 모습이
허공을 조각해 본다

미움과 연민의 등촉(燈燭) 밝히는 쌍심지
싸늘한 찻잔의 담담한 표정이
난바다 잠재우는 시늉 한 접시
기억의 제단(祭壇)에 받쳐 올린다

2020. 5. 19

삶의 서(書)

고기가 눈 뜨고 죽었다는 사실이 진리임을
깨닫는 순간부터 물은 물이기를
슬펐다
채색의 비누거품이 헛돌다 꺼진다는 것을
알면서부터 지구도 우주도
허공에 떠있음을
바람은 내내 울었다
피 맺힌 꽃잎마다 이슬 딩구는 사연
벌새의 날개짓 따라 파닥 거리고
오늘은 햇살 한 자락 모아 쥐고 비벼 꼬아
청빈한 어제 오늘 래일
비끌어 매어
신사같이 웃어 볼 일이다

파도가 지느러미라는 현실이 아픔인 것을
감지하면서, 바위섬은 굳어진 세월의
연륜(年輪)속에
흐느낌 철썩이었다
갈매기 부리에 물린 시간이 펄떡거림을
푸르게 또 짙푸르게 인내 하면서
바다는 짜가움 녹여
눈물 씹고 있었다

툭툭 털고 가는 어둠의 뒷안길
별 닮은 단풍잎들이
연지 찍고 시집가고 있었다

2020. 5.20

삶의 서 .239.

새댁

어둠 물러서는 모습 바라보면서
밀초(蜡烛)는 심지 높이 뽑아 들었다
목욕하는 하현달 고락지가 밤빛
어깨에 걸리고
기다림 포개 접은 여백의 가위질
멀리서 별 익는 소리가
바람의 꽃잎새에
부끄럼 몇 방울
떨어뜨린다
기억 긁는 뻐꾹새 울음소리가
부옇게 떠도는 구름의 속내를 대신
울어주는 시각
닻 내린 배고동소리가 부둣가 새벽안개
거머쥐고
나부끼고 있었다

다소곳 아미 숙인 신기루의 날개짓
갈매기 처량함엔 피고름도 약간
섞여 있음을
파도는, 바위는 속절없이, 멍든 가슴
움켜쥐고 있었다

2020. 5. 22

커피타임

구름이 옷 벗으며 영(嶺) 넘어 가네
낙엽 날리고 바람 부는 거리를
달리는 기억 한줄기, 거기에
꽃신 신은 새악시 보드라운 입술도 있었네
어깨 겯고 춤추는 산맥들의 열창
벽에 걸린 액자에 멜로디 넘쳐흐르면
바다 깔고 앉은 바위섬
침묵 골라 세월 새김질 하네
아아~ 베사메 무쵸, 현인가수의 노래가
산타 마리아 치맛자락 붙잡고
리라꽃 향기 꺾어 부를 때
공전하는 우주의 흐느낌도
개미 되어 사막 걸어가고 있었네
사랑이 무엇이던가 아픔이 무엇이던가
라는 물음 앞에, 달달달… 인생 젓는
숟가락의 엄청난 고마움
한 모금 셀렘 마시는 동안에도 가슴은
뜨겁게 달아올랐네
오아시스 그리운 선인장, 가시 돋친
정수리에, 꽃은 빨갛게
피어 있었네, 이별도 웃음과 함께
피어 있었네

2020. 2. 23

오공(悟空)의 늪

진통 앓는 가리비의 응고된 고름덩이
사람들은 그것을 구슬이라 부르지
어둠이 빚어낸 빛의 다이아몬드
24K 인생이 구름에 실려 영(嶺) 넘어 감을
이슬은 목 놓아 울지
바람 불던 그런 날 꽃잎의 조락엔
붉어지는 하늘 눈 감아버리고
기다리던 대불의 손엔 념주알 세월 굴릴 때까지
고독 숨 쉬는 소리마저
무주공산 눈발 되어 깃 펴고 날아 내리지
훈향으로 다가와서 속살거림으로
잠든 영혼 흔들어 깨우는 힐링코드…
가녀린 손가락이 병폐된 오감 진맥 할 때
최면의 하루는 지구 베고 누워
바닷가 자장가소리 떠올려 보지
나타샤와 카츄샤는 이국 소녀
엘리자베스는 여왕, 그러나 노을 되어 춤추는
허겁의 신기루여
생각이 생각 낳는 현실은 우주 건너
빨간 마후라를 본딴
향내 발린 소리 나는 낱말들이지
사향(思鄕)의 안갯비 소록소록 내려앉는
신 새벽 흐느낌으로 속옷 추스르는
바위의 굳센 언약이지

2020. 5. 25

동문서답의 유래

토시고 앉은 다박솔 냄새가 산을 비칠거리게 한다
알코올의 농도가 섭씨 37℃를 능가하면
뻐꾹새가 밤새워 어둠 깨우고
플러그의 작용이 최대 마력으로
색날은 사진 후라이판에 굽는다
이별과 상봉이 나눠 먹는 아음다운 거짓말
천사의 손톱부리에 피어나는 사랑이
모래알 그림자에 등촉 밝히고
돌아서는 삼거리 갈림길 위에
그림자 벗어놓고 숨어버린 바람의 농간
담배연기에 질식된 시간들이
기침하며 거울 닦는다

오 마이 갓, 하느님의 찢긴 두루마기 사이로
까무라친 눈발들의 낙엽 꾸밈새여
애완견 동공 속으로 세월이 옷 벗고
버뮤다삼각주 아구리 비끌어 맨다
블랙홀은 어디에나 있다
악마의 피리소리 봄 깨우는
파도의 난타도 있다

어부의 그물에 걸린 해와 달의 파닥거림
우주의 이름은 더하기 빼내기
꿀 발린 최면의 하루를 씹는다

2020. 5. 26

척

구름의 잔소리는 비 방울의 변신임을
바람이 안고 달린다
먼지들의 데모
낮잠 자는 고양이의 수염 고요 찌를 때
필름 돌아가는 배고픈 기억이
할미꽃 둔덕 흔들어 준다
별이 아름답게 보이는 것은 너무나
멀리 있기 때문
가로등 불빛이 그렇게 적어 두었다는 것도
간밤 이야기였다
둘 둘 셋 넷… 나목(裸木)의 소망
봄 간질이는 잎의 노래임을
신기루는 잠간 드러내 보이기도
하였다
그런 날 이었다
묵상들이 논 뱃머리 감 돌 때
댄스가요와 전통가요의 구별이
베토벤의 운명교향곡 변종시키고
시름 앓는 우주의 고민이
우뢰와 번개의 사생아임을
사금파리 반뜩임이
밀물과 썰물의 거품 섞인 교합으로
펼쳐 보이고 있었다

2020. 5. 27

애인
艾人

.250. 雲霧, 저 보랏빛 기둥에

찢겨진 손톱사이로 하늘이 새어 나갈 때
휘파람 부는 안개의 포물선
파도 이는 바람의 등대(燈臺)가
불 밝혀 아침 울었다
자오선의 기립(起立)
지구가 비스듬히 잘려나가고
여염집 아줌마 앞치마에 우주가 담긴다
가끔은 있었다
풀 먹인 광목 이불안 서걱대는
소리에
잠 깬 바닷가…
쪼르래기 열고 낮달 꺼내어
허공에 걸어 두는
눈 닮은 손도 있었다

2020. 5. 28

미미

번개 칠 때 천둥소리에 놀라 낮잠 깨는
애완견의 보라색 하루가
맛사지로 공간 세수시키는
열매의 단맛이었다
꼬리 젓는 반가움의 하늘, 그 아랫
동네에 시집 온 새댁의
실날 같은 비명…
그것은 핸드폰 메모리에 플라그 꽂힌
고독 앓는 전율이었다
혁명이 있었다, 시대를 가르는
우주의 검은 치맛자락 하늘 감싸는…
그 속에서 빛이 꼼지락 기어 나오리라고는
아무도 상상 못했다
산다는 게 워낙 그런 거였다는 섭리가
가시 펼친 소나무 굽은 등에
송진으로 꽃피움을
구름은 꿈으로 흘러 보내야만 했다
그리움이 있다는 것은
기다림이 있다는 것보다 한 옥타브
낮은 성대의 떨림임을
바람 부는 가을날 차가운 이슬이
한숨 몇 알 쥐어 주며
블랙홀에 불빛 몇 장 더 얹어
두라고 한다

2020. 5. 29

쐐기풀

침묵의 겨드랑이에 매달리는 수과(瘦果)
보습털이 간지러움 긁는다는
설(說)을 보았다
물방아 도는 시냇가에
송사리 꼬리 짓, 더운 여름 꽃피우고
구름너머 별들 깃 펴는 매무새가
잎마다 도장 찍는다
한 점 애무에도 파랗게 독(毒) 쓰는
아픔의 꾸밈새
연못가에서 널 그네가 덥석
바람의 손목 잡는다
향단아 춘향아 어데 가 있니
이몽룡이 책속에서 삿갓 쓰고
걸어 나온다

2020. 5. 29

음주운전

.256. 雲霧, 저 보랏빛 기둥에

덜미 잡힌 땀방울
연기(煙氣)가 감싸주었다
고장 난 씨앗의 브레이커
숙취한 말씀이 나래 편 바람의 얼레
파도가 갈기털 일으켜 세우는
시간의 점선들…
주유소 삿갓이 파이프 들고
데꾼해진 차량들의 불빛
겨냥 하고 있다

바람과 손잡은 씀바귀의 혼(魂)
길목 어귀마다에 자랑같이
씁쓸한 미소(微笑)가
아픔을 씹는다

2020. 5. 30

또 하나의 고향

기다림 꽁꽁 재워
감방 구럭에 고독 한알 집어넣어라
해탈의 미소 깨물고 아픔 뒹굴 거면
이슬이 뼈 추려 구름다리 놓을 것을
사랑은 부르튼 입술의
편지일 수도 있다는 괴설(怪說)
아모레의 빛은 언제나
칠색이었음을 생각 했다
어루만짐이 물결 되어 가슴 적시고
슴벅임 빛 되어
간수(看守) 꼬시는 야심찬 눈초리
치마 들어 올리는 사이로
아침이 태양 안고
기억 메모 하고 있다

2020. 5. 30

재수를 씹어라

급소 찔린 꽃망울의 향내
푸른 미소 꺼내 들었다
좌로, 우로, 밑으로
벌레들의 꼼지락소리를
잎이 받아 적는
시간이 있었다
레오나르도 다 빈치의 만찬에는
유다의 흑빛 안색(顔色)도
비껴 있었다
바람의 옷섶엔
훈장 같은 슬픔딱지가 별빛
흉내 내고
유월의 문 열리며 꽃이
향기 꺼내 흔들어 보였다

2020. 5. 30

5월의
마지막 연가

.262. 雲霧, 저 보랏빛 기둥에

어둠 긁는 고양이의 앓음소리는
지금도 밤 찢어 허공 닦고 있을까
조약돌 굴리는 시냇가의 두런거림도
물풀 허리에 별빛 감아주고
노을 잠들어버린 기억 저널에
하현달 벗겨내어, 시간 싹둑 잘랐을 게다

삭정이 틈서리로 고개 내민
풀꽃들의 체취
바람 베고 언덕에 누워
잠자리 높게 뜨는 가을날의 선언도
단풍잎 메달로 살짝
달아줄 수 있을 게다

2020. 5. 31

탈의 선언

모이 쫓는 비둘기 겨드랑이에서
평화의 멜로디 슴새 나오는 것을
기다림에 손 베인 노을은 구름의 품속에
넣어 주었다
새벽 물장수 아코디언 소리에
하늘의 빗장 절로 열리고
삼십육 층 지심(地心) 깊은 곳에는
보살님의 은총마저
보석의 넋으로 영겁(永劫) 닦는다 한다
가고야 말리, 부서지는 눈물 꽃으로
정녕 이 한밤
광야의 가슴 키스로 덮으며
혼불(魂燈) 켜든 나목의 눈물에
홀린 듯 취한 듯
춤추며 떠나리
윤회의 굴렁쇠 절렁절렁
잠든 시간 흔들어
깨울 때까지…

2020. 6. 1

뺑
.266. 雲霧, 저 보랏빛 기둥에

발가락 사이로
시간이 빠져 나간다
지구 건너편에서 별들의 놀란 눈빛
서둘러 어둠 막는다

그리니치 천문대 자오선의 역할
영시(零時)의 하늘엔
때 지난 부끄럼
모본단 이불 구름으로 덮어주고
햇살의 종살이가
목젖 핥으며 땀방울
꽉 움켜쥔다

고독의 향기, 말라붙는 바람의 옷섶
기억의 흔적들이
잘랑잘랑 아픔의 덧니
흔들어 준다

엷은 사(紗) 날개로
이슬 품은 꽃잎 덮어 주는 것을
양춘가절 호시절은
이별의 눈동자에 새겨 넣는다

2020. 6. 3

뺑 .267.

그렇게

여름의 옷자락 밑으로
물풀의 흐느낌, 안개 씹으며
시간을 연다
아침의 보드라운 속살…
꽃게가 엉금엉금 기어가고
남극의 펭긴
빙하(氷河)의 신음 엿듣는다

별빛 이야기
꽃잎에 이슬 되어 뒹굴 때
발레 추던 햇살의 종아리…
정오표가 오리 되어 십리를
비딱비딱 걸어간다

입덧 하는 하루가 축축하게
실리어 간다

2020. 6. 6

넋의 색조판

불이 붙었다
품어주는 구름의 넉넉함에
길은 외줄기
고름 푸는 안개가 노을 꺾어
수림 덮는다
타락한 지붕의 잔디 위에
나무들의 혼(魂)
영시의 하늘에 찢겨진 그림자가
망사(網紗)의 날개 펼쳐
별빛 감는다
황촉대에 내리 꽂힌 유무(有無)의 클래식
시간이
지구의 입안에
젖빛 우주로 녹아내린다

2020. 6. 16

에어컨

.272. 雲霧, 저 보랏빛 기둥에

일어선다
노을 베어 먹는 소리
분명 엎드려 있었다, 여름이
죽을 죄
지었다는 망설이
거실에서 푸닥거린다
모니터 온도가 쥬라기의 발톱으로
역사에 머물러 있다
우주의 낮빛엔 별빛의
본딴 말…
상기 지구는 아침이다
휴먼 드림이 긴 막대에
냉방시설이 우주를
몰아넣는다

2020. 6.16

집은

비탈진 벌판에 잠자고 있다
발톱 찢는 노을
꼬리 감추는 부끄러움에도
기억 접어 바람벽 잠재우고
허영의 초불 미지의 포물선 그을 때
톡톡 튀는 지구의 그라프
먼지 낀 복도에 풍경으로 길게 세운다
추스리는 환각의 늪, 거기에
입은 벌어져 있고
하늘의 안색 지붕에 내리꼰지는
그림자의 비상
안개의 메모에는 이별이 속살 펼쳐
지도 그린다
가오리 가오리 바다의 날개
우주의 후미진 골짜기에
은하수 흐를 제
어둠 먹고 살지는 전설의 야명주
탑은 그렇게 트럼프 치며
일어서고 있다

2020. 6. 18

저널의 법칙

.276. 雲霧, 저 보랏빛 기둥에

핀센트가
모래알 집는다
세포들의 반역, 우주가 불타 버리고
깃털 빠진 날개의 동영상…
사막의 정수리가 꽂씨 되어
개미굴 입구에 박힌다
심심한 하루의 담배질에
구멍 난 하늘
물방아 도는 내력이
일기를 적는다

2020. 6. 25

이런들 저런들

.278. 雲霧, 저 보랏빛 기둥에

별빛 훑어 양념 뿌리는 아코디온의
가쯘한 이빨이
갈매기 울음 씹어 삼킨다
순례자의 노래 접는 갠지스 강 멜로디
역사(歷史)의 갈피에서 샘 솟아
부처님 옷자락 적시고
허공 울리는 풍경소리 한데 모여
자비(慈悲)로운 밤, 달이 밝다
천혜의 땅 위에 백합의 훈향
사막 보듬어 잠재워 두고
운무 속에 깃 펴는 엘리지의 속사랑
하늘 꺼져 내린 그 밑에
바다가 인내(忍耐) 길들이고 있다
어둠 딛고 가는 세상의 발바닥
선택의 드림이 왈칵 토해버린 우주
이별 딛고 만나는 윤회의 미소엔
딸국질도 아침 식탁 따끈하게
덥히어 준다

2020. 6. 27

섬

.280. 雲霧, 저 보랏빛 기둥에

무게의 뭇부리에
갈매기 운다
깔고 앉은 파도의 옷자락
별빛 감싸는 숨결이
개미 잔등에 얹히어
사막 깁는다

어둠 그리고 헤라 도토스
여백의 땀구멍에 돋히는
가시의 훈향

망설임이 딸깍딸깍
새벽 창(窗) 흔든다

2020. 6. 30

카우보이 같은 덧니

.282. 雲霧, 저 보랏빛 기둥에

아침 덮는 이슬의 솔깃함으로
구름 몇 장
얹어 둘 때도 있다
사막의 목마름 적시어 주는
바람의 자비(慈悲)…
송진 익는 냄새는
숙취를 깨워 주기도 했다
계단 오르는 풀벌레 야윈 삭신
연민(憐憫) 골라 점 찍는
세월의 탁본
여유로운 손가락엔
매니큐어 할딱임도 갈꽃 되어
젖빛 하늘 만진다
갈린 목청 찢어 말리는
개똥벌레의 한(恨)
돌아눕는 반뜩임엔
어둠 뚫는 빛의 배고픈 메모리도
혁띠 풀고 뉴스라인
돌리고 있다
일기예보의 관상(觀相)엔 그래픽 지도가
그려 있지 않다

2020. 6. 30

립스틱

.284. 雲霧, 저 보랏빛 기둥에

생은 가고, 저무는 들녘 길에
솟대의 날개 짓 춤추며
먼지의 그림자 잠 재운다

덩실한 후회의 낟알 속에
발가벗은 이별과 사랑

운무 속에 뿌리 박고
서로
껴안고 있다

2020. 7. 2

아픔의 공간이

또 우주에 떠있다
맥박 치는 빛의 조율(調律)
기억이 붕대 감고 문턱 넘는다
형체는 보이지 않고
미로의 길목에 낙타가 뚜벅뚜벅
보초를 선다

저녁이 세상 감는다
누에고치 실 뽑는 손
깃발이 나붓거리고
달 삼킨 바다의 정렬(整列)
식탁의 죄가 침묵 쪼갬을
따져 묻는다

2020. 7. 3

황천스리랑

.288. 雲霧, 저 보랏빛 기둥에

알지 못하리 별빛 움켜쥔 손이
밤 노크하는 연유를
그러나 쏙쇄풀 이파리에 맺힌
가시의 그림자는
이슬에 침 찔리어 향기로움을…

가지마다 맺혀있는 귀천(歸天)의 분신들에
운명 싹 트는
바닷가 파돗소리는
기다림의 면사포 숙명으로
들어 올리시겠지

부끄럼 훔쳐 먹은 백일홍의 넋
바람의 악수에 놀빛 적시며
비브라토 바이브레이션(vibrato vibration)
시간 건져 올릴 때
무한(無限) 절벽 넘고 넘어
지난 사랑마루 위에 적어 두겠지

발톱 비벼 꿈 빚는
이별의 치맛자락이여
개똥벌레 춤추는 망각의 부드러움이
두고 가는 마음에
향대 하나로 춤추며 다시
가노라 하네, 못 잊겠다 하네

2020. 7. 5

그러나

.290. 雲霧, 저 보랏빛 기둥에

어둠 깔고 앉은 바람의 엉덩이에서
빛이 새어 나오는걸 이슬은
외면했다는 거
그리고 밥 짓는 연기 하늘 만지는
고르로운 숨결이
유라시아 넓은 대륙 가슴에 꽃으로 피었다가
냇물 되어 바다로 흐른다는 거

지글지글 감자전 굽는 냄새가
잠든 우주 흔들어 깨울 때
별들이 하얗게 미소 짓는 시간의 앞장에서
눈 많은 잠자리의 가을도
오고야 말리라는 확신이
무서리로 지붕 덮었다는 거

그게 바로 사랑임을 알면서도
단춧구멍으로 아픔은 빠져 나갔다는 거

생명의 기적 탑으로 쌓아올리고
세상 쪼개며 역사는 굴러 갔다는 거

하지만…
카네이션은 엄마 꽃이라는 노래가
제야의 언덕까지 달려갔다는 거

2020. 7. 7

신수풀이

.292. 雲霧, 저 보랏빛 기둥에

추녀 끝에 별빛 잘랑거린다
지퍼 열고 걸어 나오는 사막의 미소
선인장 가시 찔린
넋두리엔
현기증도 있었다
모래알 굴러가는 숨소리가
고독 앓는 지구의 공전 들어올리는
안개의 치맛자락
쉬어버린 바람결에
고름이란 존재하지 않았다
양귀비꽃 볼 붉힌 수집음만이 손톱
찢을 뿐이었다

2020. 7. 7

세상의 바람꽃
피고 질 때에

고독 앓는 발바닥이라고
말씀 흔들어 다오
산정마다에 별빛 녹아 흐름은
그래도 만지고 가 다오
봉놋방 화롯불에 옛말 굽던
속눈썹 떨림은
개똥벌레도 허공에다
편지 쓰나니
이끼 밟고 걸어가는 바람의 어깨위엔
노을 한 올 벗기어 덮어다오
개불알꽃 고개 숙인 사연
영 넘어 올 때
씀바귀꽃에도 노란 향기 춤, 춤을
기억해 다오

2020. 7. 9

맥도날드

.296. 雲霧, 저 보랏빛 기둥에

씹히우는 아픔에 불이 달렸다
입술의 문안
시간의 방정식엔 치즈 발린 코드(code)
발레가 허벅지로 빠져나간다
이빨들의 데모
딱 깨물은 이름위로
별빛 사푼사푼 눈 되어 내리고
가나다라 마바사…
하루가 주스 들어 마신다

2020. 7. 10

그게

.298. 雲霧, 저 보랏빛 기둥에

이별 발린 푸념이
삭신 녹아드는 어둠속으로 빨려드는
에어컨 날개라고
입덧 할 수 있을까

집게발에 집힌 바닷가
비릿한 고백에는
저녁의 축축함도 묻어 있음을…

노을 비낀 하늘에는
사랑이라는 대명사가 보초
서고 있음을

채바퀴 굴리는 다람쥐는
알지 못했다

2020. 7. 10

가시는 님

가리비 입가에 묻어 있는
시간의 연륜

풍경(風磬) 흔들어 깨우는
바람의 손바닥에
지구가 부화(孵化) 한다

문설주에 끼인 공백의 꼬리에
망부석 부서져 모래알 되는 이유가
지퍼 열고
기억 주어 담는다

2020. 7. 13

시몽
詩夢

.302. 雲霧, 저 보랏빛 기둥에

비천(飛天)의 빨간 입술 부서져
향기로운 아침
어둠의 끝자락에서 뚝뚝 떨어지는
몽타주의 씨앗들이
보석으로 싹튼다

잔설(殘雪) 덮는 판도라의 다비식
공작새 깃털위에

아픔이
달빛 낚는다

2020. 7. 14

담배

입 벌린 잿떨이에 이슬의 승천(昇天)
칵테일 잔속에 내려앉은 햇살의 부재(不在)
숨 막힌 공간에 먼데 하늘 옷 벗어
볼 붉은 기억 기리워 준다

어둠 태우는 여백마다에
네온불의 망언(妄言)…

초토(焦土)의 사랑 생살 찢어
야래향(夜来香) 스멀스멀
새벽을 간다

2020. 7.15

역향사유
逆向思惟

달빛이 줄레줄레
지붕 위에 내려앉는다
하수구로 꼬리 감추는 어둠의 행적
바오바브 그림자가 사막 덮는다
사립문 열리며
아리스토텔레스가 지도 펼치고
태평양 딛고 가는 우주의 발바닥
천하룻밤 이야기로
젖어 있음을
딸깍딸깍
시간이 들고 다닌다

2020. 7. 17

요지경

으깨어진 시간 기워 꽃밭 만들고
바닷길 더듬어 진주 빚는다
꼬나든 담뱃대 불 붙여
연기, 하늘 오르고
요렇게 조렇게
향그러운
공간이
헉
심호흡
쉬는 동안에
갈무리 허벅지가
사금파리 베고 누워서
거품 발린 모래시계 이름에
사랑 사랑 내 사랑 노래 적는다

하루살이 목덜미에
햇살 춤추는
느끼한 오후가
지구
탁
들어
탁구를 친다
뿔은 가고 그림자만
남는다
기억의 순간들이
석탑 쌓아 올리면
주춧돌은 아픔이라는 말씀으로
망각 꺼내 거울 비춘다

2020. 7. 17

점화는 불꽃

.310. 雲霧, 저 보랏빛 기둥에

손잡이 구멍으로 발목이 보인다
초침의 오르가슴
우주를 빠져나가는 푸닥거림

메모리의 벗겨진 이마가 램프등처럼 밝다
엠피스리가 구름 뜯어 기억 닦는다
연륜 꺼내 말리는 갯바위 주름에
일기 적는 해오라기

천방지축 날 선 파도가
감농군 손아귀에
꼬불딱 거린다

선녀와 나무군의 옛노래에
해안선이 출렁인다

2020. 7. 19

비의 계절(雨季)

.312. 雲霧, 저 보랏빛 기둥에

줄줄 녹아내렸다
쓰거움 노랗게 바른 시간의 망언
칵테일 잔속에서 이슬이 눈굽 찍었다
파도의 짜릿한 기복(起伏)
길은 젖어 있었다

천사의 보드라운 입술이
점점이 부서지는 새벽하늘
손톱 부리에 찢겨진 휴지부는
이름 석 자 위에
멍에의 옻칠 망각하고 있었다

2020. 7. 20

미모사
sensitive plant

어둠에 구름 얹어두는
초침의 떨림
영하(零下)의 미소 녹아 흐르고
쉬어버린 기억 하늘에
사탄의 혓바닥
쉰내 나는 손톱 사이로 빠져나간다

코 고는 우주의 구릿빛 시간
계단 밟는 여자의 발꿈치에
기다림 나불거리고
공간의 식탁엔 햇살이 모락모락
안개꽃 향기로
여름을 불사른다

2020. 7. 21

낙수대
落水臺

.316. 雲霧, 저 보랏빛 기둥에

방아 찧는 폭포수의 굉음이
벽에 걸리어 있다
삼복, 울밑 장다리아 그늘에
개미의 잔등
슈퍼의 문 열리어 있고
지구 굴리는 우주의 두 손
황천의 추녀 끝 들어 올린다
양귀비 치마 벗는 소리에
이름 한톨 수놓고
확대경 가슴 톱는 메아리가
에어컨에 갇혀 있음을
주렴(珠簾)이 고요 꺼내
널어 말린다

2020. 7. 22

그런다고

매운 바람 고삐에 끈 매어
비끌어 맬 건가
자동차 경적소리 미끄럼 타는 주차장 앞에
짧은 치마 펄럭이는 이별의 포즈
발레리나 딛고 가는 공간의 떨림마다
깃발은 나붓길 건가

난바다 사품 치는 뱃고동소리
파도 물고 하늘 오르면
울밑 봉선화 이파리엔
이슬 또한
새벽 안고 흐느끼리니
립스틱이라는 이름으로 굿바이
꺼내 흔드는
으깨진 놀빛 향기여

사향노루 뚫어놓은 숲길 지나서
잎잎의 회한 안고 천년 고목
꽃 피우는 날
생채기에 봄씨 몇알 심어
이 한 밤 알알이
녹여 줄 일이런가

2020. 7. 23

기도하는 시간

아프리카 아메리카 마주 보는 너른 가슴에
그득 채워진 바다의 숨결
구름 덮인 하늘에 어둠 흘러
레스토랑 밝은 불빛 새벽 부른다
산타 마리아 환상교향곡 넌출 뻗는
오케스트라 너른 극장
그 문전에 낙엽은 익어, 가을 흐느껴 울고
눈물 훔쳐 악수하는 이별의 키스
기러기 날개짓이 윤사월 송화가루 흔들어
고요 앓는 풍경소리 계단 밟는다
손이여, 밤 거머쥔 우주의
부르튼 몸짓이여
볼 붉은 산하 아픔 굽는 모습 지켜보면서
초야의 풍경소리 혼(魂)불 잘라
개똥벌레 춤추는 세상사
감싸 주는 따스함엔
기억의 고드름
눈물 되어 불타오른다

2020. 7. 24

웨딩커피숍

나란히 들어서는 그림자의 촉수(觸手)
더듬이가 빨대 꽂아 시간 핥는다
추억의 멜로디 치마 덮어 겨울 감추고
에어컨 가쁜 숨소리에 얼굴 붉힌 달마의 묵언
사막 밟고 가는 낙타의 무거운 발걸음이
탁자에 달그닥 낙인찍는다

이제 가면 안 오시는 겁니껴…
침묵이 으깨지며 별 되어 흐느끼는 날
해오라기 거품 쫓는 파도를 타고
비린내 아픔 포개는 공간의 전율
바다는 그렇게 섬 바위로 굳어져 흐느끼고 있었다

오다가다 만나도 친구보다 낫겠죠…
송이송이 구름 뜯어 찻잔에 띄우는
인내의 생손앓이, 고원의 자외선 직사광엔
면사포가 일품이었다
숙녀의 가는 허리 휘감기에 입맛 다시며
휘청이는 자정의 딸꾹질엔, 마담의
기침소리도 명약이었다

갑시더, 새벽 움트는 계단 밖으로
잔잔한 멜로디가 비비꼬는 발라드 메아리
눈 뜨는 아침이 케찹 발린 공간너머로
순록의 이별가 얹어주고 웃을 때
빠져나가는 물살의 억센 부리가
여울목 단단히 물고 있었다
아픔에 붕대 붙일 이름은 따로 있었다

2020. 7. 25

그대 가슴 아린 미소가

.324. 雲霧, 저 보랏빛 기둥에

거품 되어 여울목 빠져나가는
모지름인 줄…

새벽 창가에 안개꽃 피고
구름 밖 별들의 찬란한 노래엔
어둠 덮고 잠든 메아리

살진 기억의 생채기에
분염(粉鹽)의 그림자
바이러스와 짝짓기 하고 있음은

메가폰이 항시
들고 다닌다

2020. 7. 26

무가내

낚시터에서 만난 개똥벌레의 깜박임이
받쳐 올린 눈까풀에 내려앉아
사진 찍는다
떡밥향기 어둠 감싸 부표(浮漂) 들어
올리는 사이, 자동차 엔진소리가 멀리에서
왔다 갔다 하며
안달 떤다
낚싯대 끌고 다니는 대왕 잉어의 느긋함엔
새벽이 가슴 열며 입맛 다시고
초련(初戀)에 흐느끼는 숙녀의
따슨 손 떨림이, 아침햇살 꽉 움켜잡는
서툰 동작…
아프리카 바오바브의 불룩한 몸뚱이는
사막 꽉 딛고 뿌리 내리고
비린내 자욱한 주방식탁엔 언제나
토막 난 그리스신화가 팔딱이며
간밤의 조황(釣況) 묻는다

2020. 7. 30

아침

노을이 라이터 켜댄다
담배 피우는 굴뚝의 암연(黯然)
냉이꽃 이파리에 햇살의 무좀이
기억 연장선에 꼬리 찢어 붙인다
핑크빛 우주의 혓바닥, 지구가
어둠 끌고
공간
조율(調律)하고 있을 때
샤브샤브 전단지에 발목 빠진 부나비

그리니치 천문대 자오선이
밤과 낮 가르는 재판관임을
바람은
바다를 말아올려, 바위벽에
비문(碑文) 적는다

대머리 물장수의 갈린 목청
시간이 핀센트로 집어
판도라의 앞치마에 파닥파닥
수놓아 간다

2020. 8. 3

존재의 이유

토막 난 빗줄기들의 창(窓) 두드리는 반란
땅구멍에 송골, 고개 내미는 자유가
냉커피 마신다

오후는…
없을 것이라 한다

모였다가 흩어지는 소리들의 연서(戀書)
그러나 플래쉬와 셔터의 사명은
시간 조각하는 것

구름 타고 가는 바람의 두발에
딸깍, 이별 신긴 사랑이

무지개로
멍들어 있다

2020. 8. 7

입술

하늘과 땅이 처음 열리던 날
씨앗의 각질위에 이슬 한 방울
꼬불딱 눈을 떴다
레스토랑 보드라운 발라드가 옷 벗고
칵테일 잔속에 뛰어내릴 때
안개빛 미소가 시간 높이 치켜들었다
계단 밟는 메아리가
한 옥타브 볼륨 낮춰 켜들고
어둠 더듬어 사랑 사랑…
꿈 빚어 올릴 때
감자꽃 하얀, 시골 사는 뜬 이야기들이
각설이 찢긴 차맛자락으로
남루한 아침 식혀 주고 있었다

이제 마악 다가서는 이름들이
미나리, 산마늘, 병풍나물의 향기로
잠든 지구 질식시키고
맞선 보는 둘이의 가슴사이로
날개 떨어진 반딧불 향기들
삼동(三冬)의 눈발로 사푼사푼
기억 덮어 줄 때
립스틱 원산지는 알파 벳의 순서로
그리스 신화 하나 둘…
열고 닦았다

뽀뽀뽀 노래가 희망 두점
가슴에 심어 주던 그날은
천만 뜻밖에도 아아~ 그리고
기다리던 휴식일의 반란이었다

2020. 8. 12

꼬리말

.334. 雲霧, 저 보랏빛 기둥에

중국 조선족복합상징시동인회에서 기획하는 전자시집시리즈 첫 책자로 김현순의 최근 일 년 간의 시들을 정선하여 묶었다. 금후, 이 동인회의 후속전자도서들은 육속 출간될 것이다.

복합상징시라는 신시혁명의 불꽃이 요원(遼遠)의 불길로 타오르자면 열린 글로벌시대 온라인의 숨결을 타고 세상 방방곡곡에 널리 홍보되어야 할 것이다.

아직은 미비한 존재일지라도 고 작은 가슴에 우주를 담고, 고 작은 두 눈으로 세상 건너 다른 세상을 통찰하는 복합상징의 세계는 영혼경지의 새 질서를 구축하는 세계이다. 이것을 시로 펼쳐 보이는 작업이 바로 일명 "시몽(詩夢)" 이라고도 불리우는 중국 조선족복합상징시동인회의 사명인 것이다.

시작은 작게, 그러나 끈질기게, 주어진 사명을 짊어지고 가는 복합상징의 앞길엔 명멸하는 샛별이 밝게, 향기롭게 꽃잎 펼쳐 맞이할 것이리라.

본 책자의 설계, 삽화, 디자인을 맡아 깔끔한 책자로 출품하여 주신 백천전자출판 김춘택 선생에게 깊은 감사를 드린다.

중국 조선족복합상징동인회 편집위원회
2020년 8월 20일

雲霧, 저 보랏빛 기둥에

초판인쇄 2020년 9월 10일
초판발행 2020년 9월 10일

지은이 김현순
펴낸이 채종준
펴낸곳 한국학술정보㈜
주소 경기도 파주시 회동길 230(문발동)
전화 031) 908-3181(대표)
팩스 031) 908-3189
홈페이지 http://ebook.kstudy.com
전자우편 출판사업부 publish@kstudy.com
등록 제일산-115호(2000. 6. 19)

ISBN 979-11-6603-084-0 03810